HARKAITZ CANO

BELARRAREN AHOA

NARRAZIOA

ALBERDANIA

Nor ez da inoiz belar luzearekin zauritu?

Aiztoarena baino zorrotzagoa da belarraren ahoa.

Baina, bestalde, nor ez da belar lehorretan gozoro etzan, maitearekin, zimurtuta amaitu duen alkandora zuri batez jantzia, nork ez du inoiz praketara atxikitako belarra astindu behar izan, etzanaldi hura eta bizitza hura amai zitekeenik pentsatu ere egin gabe, mandioko eskailerak jaistean?

Etzanda, belar artetik begiratzean, hutsaren pareko begitantzen da heroiaren estatua eta handitasunez betea gizon arruntaren sega-lan apala.

"KONTUA DA, Russell Spencer arte zuzendariak bilera eskatu zidala agur-naziaren sorrerari buruzko *gag* bat bururatu zitzaiola-eta.

"Russell setatuta zegoen: filmean Hynkelen pertsonaiari *background* moduko bat, hitzaurre bat erantsi behar zitzaiola uste zuen. Hauxe zen berak proposatzen zuen istorioetako bat: Braunen herri ttipian, haur bihurri bat eskaileretan behera doa, eskailerako heldulekuan ipurdia jarri eta irrist eginez; haur horrek bat-batean oreka galdu eta, eskailera zulotik behera erori rik, eskumuturra hautsi du. Orduan, haur horren aitak –Breveski familiako buruak– zera erabakitzen du: halakorik berriro gerta ez dadin, eskailerako esku-karrila altuago jartzea, halako moldez non haurrak ezingo duen bertara igo eta karrila zabutzat erabili. Horretarako, seme zaharrena bidaltzen du (Hans Breveski) lehenbizi elizara eta arotzarengana gero. Elizan delarik, gaztetxoaren zeregina bertako eskailera altuaren angelua neurtzea da, huraxe baita aitak etxeko eskailerari eman nahi dion neurria. Hans semeak, ordea, ez daki gauza handirik geometriaz eta ez zaio besoarekin eskailerako angelua neurtzea baino ideia hoberik bururatzen. Eskuin besoa, beraz, eskailerako esku-karrilean lerratzen du, sorbalda eta buruaren artean berrogeita bost graduko angelua osatuz, eta gero, besoa amiñi bat ere mugitu gabe, keinukera horrekintxe, besoa jasota oinez egiten du aroztegirainoko tartea, arotzari nolabait adierazteko, angelu horretako esku--karrila jarri nahi diola bere aitak etxeko eskailerari. (...) Aroztegian, Grabenstrasse karrikan, haur bat dabil zerrautsarekin jolasean, etxeak marraztu eta putz eginez desegitera. Haurrak –Hynkel txikiak– harri eta zur begiratzen dio Hans Breveski mutikoari, bere besoa altxatuta daramalarik, eta etorkizuneko epifania bat ikusten duela ohartzen gara, horixe baita agur--naziaren sorburua izanen dena. Arotzak, bien bitartean, Breveski jaunaren semeak agindutako mandatuaren oharra hartzen du egunkari atzeratu baten gainean, Hans gaztetxoaren ateraldiarekin irribarretsu, haren beso zurrunari goitik eta behetik begira.

"Russellek hitzaurre moduan edo diktadorearen ametsa balitz bezala –*flash back* antzeko batean– txertatu nahi zuen sekuentzia multzo hura, eta gidoiaren lehen bi zirriborroetan egon zen, azkenean, konplexuegia zela-eta, filmatu ez bagenuen ere. Izan ere, beti daude bi film: egin zena, eta bidean geratu zena. Bigarrena izaten da onena, ia beti. Historiako gertakariei so egiten badiegu ere, halako zerbait gertatzen den susmoa daukat: hainbat aldibereko xendra daude, eta irudimenarekin baino ezin ditugu denak eskuaretu...".

Charles Chaplinek, *The great dictator* filmaren errodajeari buruz, 1940an, *San Francisco Chronicle* egunkarian argitaratutako elkarrizketa batetik.

1

ITSASO ZABALA. Zenbat aldiz ez ote duen amestu itsas zabal hura zeharkatu eta mendean hartzea. Ontzidia, bederatzi guda-ontziz dago osatua. Hirunakako hiru lerrotan doaz. Gizon txikia aurreneko lerroko hiru barkuetan erdikoan doa eta hortzak estuturik ditu. Une batez, bere aho itxiaren indarraz aitzinarazten duela ontzidi osoa iruditu zaio: matrailezurra apur bat ezkerretara mugituz gero, hiru ontziak ere zentzu berean mugituko direla itsasoan. Gauzak gauzen barruan eta mundu txikiak mundu handiagoen baitan soka finez lotuta daudela iruditzen zaio sarri. Gutxitan egiten du barre, eta, egiten duenean, masailek ezabatu egiten dizkiote aurpegitik begiak, bi marra soil bihurtzeraino. Baina matrailezurrak estuturik dituenean, orduan ez. Orduan horizonte guztia hartzen dute gizon txikiaren begiek.

Ez gaitezen alferrikako korapilo eta asmakizunetan gal. Hasieratik jakitea komeni da. Gizon txikiak Adolf du izena.

Adolfek gerrate honetan ekintza guztietan zailena zein izan ote den galdetzen dio bere buruari. Vichyko gobernuaren garaipena? Suge gaizto hark Algeriako bileraren aurretik Charles de Gaulle kankailu hura pozoitu eta heriotzara eraman izana txanpa hutsa izan zen. Hor ez zuten beraiek inolako parterik izan; patua alde tokatu zitzaien, besterik ez. Zer izan zen, horrenbestez, gehien kostatu zaiena? Frantzia osoa gobernatzeko Petain marexalaren grina zapuztu eta Frantzia alemaniarrena dela hari ulertarazi ondoren, ohorezko aginpide hutsarekin konformaraztea? Londresko erdigunean, zaratarik ez ateratzeko tekla oihalez akoltxatuak zituzten idazmakina gogaikarri haietan lanean ari ziren Churchill eta bere idazkarien lurpeko gotorlekua txikitzea? 1944ko ekainaren 6aren bezperatan Normandiako hondartzak minaz mukuru ereitea? Frantziako erresistentziaren sareetan satorrak sartu eta erreboltarien asmoak zapuztea? Errusiatik erretiratzeak eragin zion atsekabea gainditu eta beste eraso bat prestatu behar izana? Ez, hori guztia ez zen hain zaila izan. Gauza batzuk zuhurtzia hutsagatik egin behar dira: zenbait helburu galdutzat eman, helburu handiagoei indarrez ekin ahal izateko. Bere buruari aitortze hutsa sarkasmo garbia izan arren, komediantearena izan zen agian zailena. Bai, komediantearenak kalte handia egin zien. Film hura 1940an Londresen estreinatu izanak hegoak eman zizkien aliatuei. Eta okerrago dena: bere lepotik barre egiten jarraitu zuten ingelesek, bolada batez. Baina bukatu zitzaien ingelesei ere barre egiteko tenorea. Wimbledon eta Sheffieldeko itxitura-zelaietan bazuten orain aurreragoko lanik.

Komediante alu hark loa galarazi zion ordea, luzaro. Ondo gogoan du, Goebbelsek bere bulegoraino filmaren kopia bat ekarri zion eguna. Lata proiektorean jarri eta bakarrik utz zezaten agindu zuen.

–Ziur bakarrik geratu nahi duela berorrek, mein führer?

Adolfek keinu nabarmen bat egin zion eskuaz, alde egin bezezan. Bazekien bere mendekoek jada ikusia zutela filma, berari bizkarra emanda, gaueko guardia eramangarriago egiteko guztiz debekaturik zeuzkaten *Play boy* amerikarrak irakurri beharrean, komediantearen zinta hura ikusi zuten hornigaien biltegian, bata bestearen gainean pilatutako irin zakuen gainean irudiak proiektatuz. Bazekien. Baina Adolfek bakarka baino ez zitzakeen umilazioak irentsi. Bere gizonek ikusi zuten arren, ez zen inor bere aurrean zeluloide bobina hari buruzko ezer aipatzera ausartuko. Eva nekez sartuko zen baimenik gabe bulegora, baina kisketa itxi zuen hala ere, badaezpada. Ilunpea egin zenean, martxan jarri zuen proiektorea. Pailazo nazkagarri hura *Wiener Schnitzel* eta *kraut* hitzak behin eta berriro esaten ikusteak botagura eragin zion. Alemaniar hizkuntza horrela iraintzea ere! Bai, komediantearena izan zen mingarriena. Nazioak eta jende olde zibilak, gudarosteak nahiz masak gidatu izan dituzten pertsonen kasuan ere, banitateak eta mendeku pertsonalak zein neurri duten serioski neurtuko balitz inoiz, ustekabe galanta hartuko luke batek baino gehiagok, herri osoen patuak gidatzeko orduan umilazio pertsonalek izan duten karga astunaz jabeturik. Komediantearena izan zen zailena, bai.

Baina hori ere lortu zuten, azkenean.

Eta orain, orain Atlantikoa zeharkatzen ari dira. Junkers hegazkinen helizeen zarata entzuten du gerra-ontzietan lur uzten eta lur hartzen. Stukas, Messerschmidts, Focke-Wulfs. Hegazkin alemaniarrak. Kruppek fabrikatutako Tiger kanoiak zut, I.G. Farben-Industriek ondutako bonbak gozo hegazkinen sabeletan. Garai bateko sableen hotsa entzuten du. Musika hutsa belarrientzat.

Prest dauzka mutilak borrokarako. Eta gizon txikia harro dago bere mutilez.

Ezustean harrapatuko zituen denak. Hori da bere asmoa, gauzen barruan zeuden gauzak eta munduen barruan zeuden mundu txikiagoak bereganatzea, lotzen zituzten soka eta kordelen jabe egitea, gauzen eta munduen uhalak bere esku hartzea. Adolfek estrategia-gelara deitu ditu bere laguntzaileak. Operazioen teatroa mahai handi batean jarritako mapan irudikatua dago, dagoeneko nazien mendean ziren eskualde zabalak hari gorriekin orratzei kateatuak, eta ertz batean, txikiago, Manhattango sarrera eta etorbideak irudikatzen dituen planoa. Manhattan hartzea da kontua: behin etxe-orratzen tartean barneraturik, amerikarrak ez ziren beren sinboloak eta beren jendea bonbardatzera ausartuko. Erraza izango da. Barruan ere badute jendea: Madison Square Gardenen hogei mila jarraitzailetik gora bildu berri dituzte nazien zale estatubatuarrek.

Komediantea. Komediante nazkagarri hura. Hura bai mingarriena.

–Eskatzen diguzuna oso zaila da, mein führer.

–Herrialde osoak inbaditu ditugu. Hau, aldiz, pertsona ziztrin bat besterik ez da. Hori ere ez. Pertsona erdia.

–Baina ez edozein, mein…

–Berdin zait nola egiten duzuen. Nire aurrera ekarri eta kito.

–Denbora beharko dugu…

–Nahi duzuen denbora guztia hartu. Ez ahaztu orain guk fabrikatzen dugula.

–Zer fabrikatu, mein…?

Itsasoa bare dagoen arren, ontzi-sabelean mugimendu handia dabil dagoeneko. Aireko eraso baten aurrean prestatzen hasiak dira. Gizon txikiaren asmoetan sartzen da kostalde amerikarrera hurbildu ahala ehiza-hegazkinak bidaliko dizkietela, kosta har ez dezaten ahalegin desesperatua egingo dutela. Lanak ondo doazela ikusi eta bere gelara erretiratu da atseden hartzera. Wagnerren disko bat jarri du gramofonoan. Baina ez da batere ongi entzuten.

–Scheize! Orkestra bat! Orkestra bat ekarri behar nuen nirekin!

Adolfek presaka zeharkatu du korridorea, bere kamarotea eta laguntzaileen gelak lotzen dituena. Hiru eskailera-maila jaitsi ditu. Beste hiru gero. Deitu gabe sartu da. Herr Dieter bizarra egiten harrapatu du. Izutu egin da nagusia han ikusita. Izutu egin da, bere bizitza guztian nagusiak uniformerik gabe ikusten duen lehen aldia delako. Herrialdeak bezalakoak direlako uniformeak ere, babesten gaituzten longainak.

–Mein führer! Arazoren bat?

–Orkestra bat!

Esan duen eran, bazirudien olagarro erraldoi bat urpetik sortua zela, garro bakoitzarekin musika tresna bana joz, eta, ontzi kaskoari itsatsita, barkuari aurrera egitea galarazten ziola.

–Orkestra bat, mein führer?

–Bai, orkestra bat nahi dut. Ezin dugu iritsi hola eta hola, musikarik gabe... Piztiak baretu eta gizonak gizatiarrago bihurtzen ditu musikak! Galdetu soldaduen artean. Egon behar du jendea zerbait jotzen dakiena.

–Baina... Iristear gaude, mein führer... Amerikarren ehiza-hegazkinak agertzear egon daitezke...

Gizon txikia bere kamarotera itzuli da. Komediantea du buruan. Mundu bolarekin jolasean ari zen Hynkel okagarria. Ghettoko bizargin hura, Hynkelen bikia zena, eta, azkenean, filmaren amaieran, bera ordezkatzen zuena.

–Askoz ere errazagoa litzateke urrutirako fusil batekin kittotzea...

–Ez! Zenbat aldiz esan behar dizuet nire aurrera ekarri behar duzuela? Zertarako dago Gestapo?

Ez zen samurra izan, baina bahitu zuten azkenean inpostore nazkagarri hura, komediante askojakina.

–Eta orain, mein führer?

–Orain itxoin. Sufritu dezala apur bat.

–Marco Polo kodea aplikatuko diogu?

Marco Polo. Hura ere bidaian ibilia zen gizon txikia baino askoz lehenago. Agian diferentea zen hura. Dudarik gabe, diferentea zen. Gauza txikiak bildumatzen zituen, zeta, fruitu bitxiak, lore eta espeziak. Gutxirekin konformatzen zen, irristatzearekin han eta hemen. Urruneko jendearen ohiturak eta hizkerak entzutearekin. Gizon txikiak, ordea, ordena maite du. Finkatzea eta ez irristatzea. Hasitako gauzak bukatzea. Zerbait esan nahi dute beretzat konkistatuko herrialdeen gainean ziztatutako orratzek eta orratz horiei lotutako hari gorriek. Ordena bat, taxu bat, txukundade aratz bat. Egunkari zimurtu bat ezin har dezake esku artean gizon txikiak... atzeraka eragiten dio. Higienea eta ordena nahitaezko ditu inguruan, gero buruan ere oreka izateko. Atea jotzen ari dira. Bi aldiz, agindua emana duen bezala. Bi aldiz, eta ez barruan dagoenaren belarria gogaitzeko bezain sendo, baina ezta deitzen duenaren atzean funtsik gabeko izaera lotsati eta zaurgarria dagoela aditzera emateko bezain leun ere. Atea jotzeko badago kadentzia eta intentsitate jakin bat. Ez bulartsuegi, baina ezta maritxuegi ere. Ez gehiago eta ez gutxiago. Horrela jo behar da atea. Ez du hainbeste ere eskatzen.

–Mein führer? Dieterrek ze orkestra mota nahi duzun galdetzen du.

–Wagner. Wagner joko duena.

2

MUNDUAK GERUZATAN ERAIKITZEN DIRA, ordea. Norbera bere geruzan bizi ohi da, zaila da gaineko eta azpiko geruzetara iristea. Batzuetan gertatzen da hala ere: zenbaitetan, elur geruza baten barruan harrapatutako norbaitek aterki baten punta zorrotzarekin zulatzen du goiko geruza eta mundu estrainio batean agertzen da, bere harridurarako eta baita aterkiaren jabea erreskatatzen duten haien harridurarako ere. Geruzatan eraikitzen dira gauzak eta munduak. Eta horregatik, badaude gizon txikiak ez dakizkien hainbat gauza.

Lehenengo eta behin, Askatasunaren Estatuaren koroaren historia. Estatua hau 1886an frantsesek opari eman zieten estatubatuarrei, eta, desmuntatuta, *Isère* izeneko barkuan –erdi belaontzia, berez– egin zuen New Yorkeko porturainoko bidea, lau aste luzez. Badago Rouengo ontzioletan estatuaren zatiak nola bildu eta barkuan nola sartu zituzten erakusten duen grabaturik. Hirurehun pieza ezberdinetan desmuntatu eta berrehun kutxatan sartu behar izan zuten berrehun eta hogeita bost tonako estatua.

Portuko langileetako bat zen Olivier Legrand. Portuan baino lehenago meatzean lana egin zuen, meatzean zangak betetzen zituenetakoa zen. Meatzetan dagoen zereginik esker txarrekoena: aurrekoek egindako zuloak betetzea zen haren lana. Bestek ikatza edo metala ateratako lekuan hark lurra botatzen zuen, beherago zulatzen segi eta lurra gainera eror ez zekien beharrezkoa baitzen ateratako hutsune guztiak betetzea. Lan garrantzitsua zen oso, ados ziren denak horretan: oker berdindutako zangetatik hezetasuna sartu, ura irazi eta sabaia bertan behera amil zitekeen. Beherago metala bilatzen ari ziren meatzariak luizien pean geratzeko arriskua handia zen orduan. Baina Olivierri zentzugabea iruditzen zitzaion. "Bestek egindako lana desegitea, hori duk nire lana", pentsatzen zuen. Hutsa bete. Betelana. Zanga hutsetara lurra bota, gorpu ikusezinak lurperatzea bezala: otoitzik gabe, lekukorik gabe, beilaririk eta negarrik gabe ematen zion lur, ezerezari. Ez diat ezer probetxugarria egiten. Metala aterako banu, sikiera.

Meatzeko beharrean nazkatu eta portuan lortu zuen lanpostua gero Olivierrek. Garabietan –garabien pean, zehatz esanda– lan egiten hasi zen, karga eta deskargan. Hori beste kontu bat zen, baliagarri sentitzen zuen bere burua. Orain, bederen, ez zeuden hutsik bizkarrean zeramatzan kutxak, barruan zeramana zer zen eta zertarako zeraman beti jakiten ez bazuen ere.

Ederra zen, horratik, Askatasunaren Estatua hori. Muntatu aurretik ere ederra. Agian muntatu aurretik ederrago, batzuetan puskak osotasuna bera baino ederrago izan ohi diren bezala. Etxe hutsak etxe beteak baino ederrago diren bezala. Turnerren koadroak bukatu gabe ederrago diren bezala. Picassoren *Guernica* amaitu aurretik ederrago zen bezala. Ezerk ezin du amaitu gabe geratu den artelan baten indarra gainditu. Ez da lan bukaturik inon, erdizka dagoen maisulan bat gainditu dezakeenik. Askatasuna piezatan muntatu eta bukatuta, gauza zatar huts bihur daiteke.

Olivierrek ez zuen gurasorik. Ez zuen emazterik. Hamazazpi urterekin hasi eta hogeita lau urte bete zituen arte, bizitza osoa igaro zuen lurpean, eta, eternitatea ere hantxe igaro beharko zuela kontuan hartuta, portuko lanari heltzea erabaki zuen. Aurki aspertu zen, ordea. Urrundu egin nahi zuen, beste norabait joan. Ideia zoro bat pasatu zitzaion burutik, tabernan pastisa hartzen ari zelarik.

–Olivier, zozo batek habia egingo dik belarri atzean, motel.

–Zer?

–Non daukak burua? Garabietara itzuli behar diagu. Bukatu duk hamarretakoa!

Negua izan arren, alkandora bana besterik ez zeramaten beharrerako. Mahuka hutsetan ibiltzen ziren beti Rouengo portuan. Portuko kantinaren barra gainean hustu zituzten diru pixarrak garabietako beharrera itzuli aurretik.

–Gauza bat pasatu zaidak burutik, Manu.

–Izango duk birigarroren bat, orain ere.

–Hi sotoetan egon haiz, ezta?

–Bai, damaren gonapean. Hire zalantza guztia hori baduk, hago lasai: kasto konpletoa duk andereñoa.

Manuel barrez hasi zen. Portuko giroa. Gizonen arteko txantxak. Besape usaina eskuetan eta ahoan ere besape usaina. Besape usaina, esaten zituzten hitzetan. Emakumeak urruti. Urrutiago Olivierrentzat. Manuk emaztea bederen zain edukiko zuen etxean. Eta bi ume goseti, emaztearen bularretan zintzilik, Gerra Handia sortzen zenerako soldadutzarako adina izango zutenak doi-doi eta guda-oinean hilko zizkiotenak. Baina gauzak eta munduak eta bizitza geruzatan eraikitzen dira, eta berak ez zekien artean hori guztia.

–Hutsa duk barrutik, ezta?

–Metal xafla ziztrin batzuk, hori besterik ez duk, baina pisatzen ditek berea, bai horixe. Auskalo ze itxura izango duen trasteak, piezak elkarri lotzen dizkiotenean.

–Besoa altxaturik duen emakumezko bat duk. Esku batek zuzi bati eusten omen ziok.

–Zuzia orduan! Bai, hori pieza bakarrean doala uste diat. Atzealdean sartu ditek. Zuzia atzeko zuloan! Kar-kar!

–Koroa bat ere ba omen dik.

–Pieza bakarrean hori ere. Barruan zegok dagoeneko. Hori ez ditek kutxatan sartzerik izan. Kosta zaiguk ederki…

–Ez hadi kexatu. Nik legatz izoztuarekin segitzen diat. Gogortuta zeukaat lepoa.

Lepoa minbera zuen, bai, Olivierrek. Batetik bestera mugitzen zituen kutxak eta kutxak. Baina meatzeko zuloak lurrarekin berdintzea baino hobea duk hau, Olivier. Arrainak fresko iristen ziren portura eta berak arrainak garraiatu ohi zituen ontzietatik gurdietara. Arrainak hilda zeuden, baina berak gurdi gainera botatzen zituenean, gatz artean isatsa mugituz agur egiten ziotela iruditzen zitzaion. Arrainen bizitza luzatu egiten zuen Olivierrek; arrain kutxak batetik bestera zeramatzanean, arrainei lehorrean lehen pausoak ematen laguntzen zien bide erakuslea sentitzen zen, artzain-txakurra bezala, ohatila bat larrialdietara daraman erizaina bezala. Berak salbatu egiten zituen arrainak eta salbatu egiten zuen hainbat jende ere goseak amorratzen zegoena. *Mineral* preziatua zen arraina, azken buruan. Horrelako txantxak bururatzen zitzaizkion Olivierri Rouengo neguan, lepoa izozten zitzaion bitartean.

Olivier segailak petateari azken korapiloa eman aurretik kontuan hartu duen gauzetako bat, petate barruan sartu dituen gauzen biguntasuna: burkotzat erabili beharko du petate hori eta ez du barruan deus gogorrik, deus koskadunik sartu nahi. Bizarra egiteko brotxa baztertu du horrenbestez, petatea burko bihurtzean haren helduleku gogorra buruaren kontra mingarri suertatuko zaiolakoan.

Baina ez dute burkoek gure buruen itxura hartzen, gure buruek burkoarena baizik. Ez du oheak gure gorputzaren itxura hartzen, guk geure ohearena baizik. Altzari bihurtzeko joera dugu, bakoitzak altzari ezberdin baten antza hartzen du, bizitzan egindako mugimendu, keinu, aldarte oneko eta txarreko algara gihar moldarazle eta bestelako meritu edo zikoizkerien arabera.

Gauez eta euripean egin du Olivierrek bere etxetik porturako bidea. Ohikoan lanera sartzen den unea baino hiru ordu lehenago karrikak ezberdin ageri dira, bukatuagoak, ordenatuagoak, isilagoak... kordeletik askatu ez duten egunkari fardel pilatua bezala; karta jokoan, kartak banatzear dauden unea balitz bezala: karta sorta ongi lerroturik dago, sortaren ertza berdinduta dago, ez dago koskarik. Azken begirada bat bizkarrean uzten ari den kale horientzat. Nostalgiarik gabe.

Bestek burdina atera duen lekuan lurra botatzea bezala.

Ederra da *Isère* ontzia, dotorea. Eta are dotoreago izango da oihalak haize alde zabaltzen dituztenean. Zerikusirik ez, arrain hotza dakarten arrantz-ontziekin. Ontzia portura estekatzen duen txikota estu lotuta dagoen ziurtatu du. Baietz ematen du. Petatea du traban. Hala ere moldatuko da. Hankak eta eskuak sokan, gorantz egin eta ontzi sabeleraino igo da. Astelehena da eta badaki goiz horretan partituko dela ontzia. Sotoetarantz jo du. Igaro ditu oinez sotoko pieza handiak: zurezko kutxak eta kutxak, bata bestearen gainean pilatuta, andere desmuntatua, liburu erraldoi bat –auskalo zer dagoen orrialde toles ezin horietan–. Kutxetatik kanpo doan koroarekin geratu da miretsita, aurpegi moduko bat ere ikusi uste izan du. Dena hutsa da, egia: lurrez betetzeko modukoa, norbaitek atera dio jada atera beharreko zukua eta metala andereñoari. Askatasuna lurpean topatu balute legez.

"Kasto konpletoa duk andereñoa! Kasto konpletoa! Kar kar!".

Irribarreek ere oihartzun egiten dute andereño hutsaren barruan.

Azkenean, lo egiteko egokiena iruditu zaion piezaren aurrean geratu da: koroa kiribilduak badu sehaska baten antzik. Oraindik ez du alde egin, eta bizarra hasi zaio dagoeneko ateratzen. Belaze zakarraren ernemuintzea senti dezake aurpegian. Xaboia masailetan hedatzeko brotxa faltan izango du Olivierrek. Ez, ordea, lotarakoan bere buruak.

Burkotzat moldatu du petate biguna, lokia gainean jarri eta gorputza kizkurtu du, sorbalda apur bat konkorturik. Loak hartu du Olivier.

3

ITSASONTZI ILUN BAT, ur ilunetan. Azken gaua dute kostaldea harrapatu aurretik. Bada norbait lorik egiten ez duena. Lo egiten ez duen norbaitek beste norbaiti galarazten dio loa. Mendekuagatik, agian.

–Nola izena zuen pintore hark?

–Joan Miró?

–Ez, besteak… Espainolak…

–Joan Miró espainola zela uste dut, mein führer…

–Pablo…

–Pablo Picasso, jauna?

–Bai, hori… Marco Polo kodea aplikatu zenioten?

–Bai, jauna… Bere koadroetako bat bezala geratu zitzaion aurpegia, lerdekatuta. Kubista!

–Eskerrak bizkor jakin genuen Gernikari buruzko zirriborro hura egiten ari zela…

–Bai jauna, lehen zirriborroetan geratu zen dena.

–Zirriborro guztiak desagerraraziko zenituzten, noski?

–Jakina… Hala ere, argazkiren bat atera izango zion norbaitek… Bere maitaleetako batek… Dora Maar uste dut zuela izena, margolaria bera ere. Hori ez dugu aurkitzerik izan. Baina koadroa oso zegoen bere hastapenetan.

–Desenkusak, desenkusak... Beti desenkusak! Non dago orkestra?

–Bidean da, mein führer. Gure esku dagoen guztia egiten ari gara.

–Ez esan ergelkeriarik. Mila aldiz esan dizuet. Dena dago gure eskura!

Propaganda. Propagandarekin edozer lor daiteke, ezta Goebbels? Hori izan zen Europa osoa bereganatzeko sekretua, aholkulariek eskatzen zutena baino gutxiago gastatu zuen armadan, baina, propagandaren bidez, zutena baino lau aldiz gehiago zutela sinetsarazi zien denei. Goebbelsen eta Henry Forden arteko premiazko bilera atondu beharko zuten New Yorken, hasteko, lehorreratu bezain prest.

Bederatzi ontziko mantxa iluna itsasoaren geruza urratuz doa. Edo sei dira? Edo hiru baino ez, beren itzalekin? Ontziak baino, ez ote dira aiztoarekin urari egindako ebaki ezinezkoak?

4

PORTUKO MAKINEN HOTSEK esnatuko dute Olivier hurrengo egunean. Makinisten oihuek. Suma ditzake zamaketarien marruak eta polea herdoilduen zarata. Ez du inoren ahotsa ezagutu, baina Manu ez da urruti ibiliko. Hari agur esan gabe alde egin du, agian haserretu egingo zaio. Zorte on, Manu. Ahal izatera, ez bidali semerik Gerra Handira. Petatea bere buruaren molde bihurtu da gauez: zulo ederra egin dio. Lurra bota eta betetzeko moduan burkoa ere. Meatzetik urrun egon arren, hutsuneak betetzeko mania hori. Ontzia ateratzera doa. Askatasun Andearearen buruan kiribilduta igaro du gaua. Ez da oso erosoa. Ez da erosoa emakume honen buru barruan bizitzea. Oro har, ez da oso erosoa ezein emakumeren buru barruan bizitzea. Topatu behar luke leku hobeagoren bat.

5

ADOLF BERA ARDURATU ZEN komedianteari Marco Polo kodea aplikatzeaz. Berlingo soto ilun hartara ekarri zutenean, komedianteak ez zuen berriki pantailan ikusitako haren batere antzik. Zaharragoa, txikiagoa, ahulagoa, ezdeusagoa zen. Ez zeukan biboterik ere. Zalantzan egon zen une batez bera ote zen. Orain beste soto batean, itsasontziko sotoan zeuden.

–Bisturia eta kanpora hemendik.

Metalezko atea itxi egin zen. Komediantea sotora eraman zuten bi gizonak desagertu egin ziren, bata bestearen ispilu bihurturik. Idazteko makina bat zegoen Oihartzunen Gelan. Idazteko makina hark ez zuen han inolako funtziorik. Gizon txikiak eskuetan zuen bisturiak, bai. Komedianteak, ordea, nahiago zuen idazteko makinari erreparatu: q,w,e,r,t...; a,s,d,f,g...; q,w,e,r,t...; a,s,d,f,g.

–Wiener Schnitzel apur bat afaltzeko, komediante jauna?

Komediantea izututa zegoen, baina une batez begiradari eutsi zion.

–Diktadore handia naiz, beraz. Mundu bolarekin jolasean nabil, ezta? "Charlie Chaplinen eskutik: Diktadore Handia...". Honela aurkeztu zenuen filma, ezta hala?

Komedianteak nahiago zuen idazmakinari begiratu: asdfg.

–Ezta hala?

Qwert. Asdfg.

–Bada orain alderantzizkoa egingo dugu, beharbada. "Diktadore Handiaren eskutik: Marco Polo eta komediantea Oihartzunen Gelan...". Badakizu zergatik deitzen dioten soto honi "Oihartzunen Gela"? Zer iruditzen zaizu? Badakizu nola sartzen zuten jendea arrastoan Marco Poloren garaian?

Gizon txikia esaten jarraituko dugu, hitzen botere baltsamikoa baliatze aldera, hitzak penizilina balira bezala, hitzak analgesiko moduan, hitzak banatu ditzagun kanpamenduetan morfina banatzen duenak bezala, eskuzabal. *Gizon txikia* esaten jarraitu eta *Adolf* baztertuko dugu oraingoz; zaurgarriago egiten gaitu izen propio horrek. Gizon txikia esaten jarraitzen dugu, bada, eta gizon txikiak bisturia eskuetan hartzen du, eta lanparapean jartzen du, eta distira egiten du bisturiaren aho zorrotzak. Distira hori iheserako tunel bat da, arrakala bat orainean, bururatzen zaio komedianteari. Baldin argizko zirrikitu horretan, bisturia den belar fin eguzkitsu horretan sartu ahal izango banu.

Baina komediantea aulki batean dago lotuta, oinutsik, eta bere azazkalak orduan hasten dira beren etorkizun beltza ikusten.

Zine muturik ez, soto ilunean. Zine muturik ez Oihartzunen Gelan. *Diktadore Handia* izan zen komediantearen lehen film hiztuna. *The Great dictator.* Sotoan oihu egiten zuen bitartean *Wiener Schnitzel* eta *kraut* oihukatzen zuen komedianteak, hitz horiek zituen buruan eta eztarrian, hotzikara bizkarrean. Esku batek musuzapi zuri bati eusten zion: musuzapi zuri bat, komediantearena ez den eskuan. Gizon txikiaren eskua bere kopetako izerdia lehortzen, eta musuzapi zuria odolez zikinduta dago ertzean.

Baina musuzapia lau plegutan tolesturik dagoenez, ertza odolez zikinduta edukitzeak zera esan nahi du: tolesduraren lau ertzak daudela odolez gorri, liburu baten ertza odoleztatzean liburuko orrialde guztiak odolez zikintzen diren era berberean. Odolez zikindu? Odolak zikindu egiten al du bada? Edo busti edo margotu edo edaten eman edo...

Musuzapi bat eta liburu bat. Biak antzeko. Biak baltsamu. Orri zuridun liburua zein musuzapia. Gorriz zikinduta, bustita, margotuta, piztiek handik hitzak edanda. Adolfen gizonek –orain bai, orain esan dezagun Adolf– Pablo Picassori Marco Polo kodea aplikatu ziotenean bukatu gabe utzi zuen *Guernica* koadroa komedianteak bukatu du lepoa gorantz luzatuz eta oihu eginez.

Akabo zinema mutua.

Wiener Schnitzel eta *kraut* oihu eginez. Wiener Schnitzel eta kraut. Wiener Schnitzel eta kraut...

Idazmakinak hantxe jarraitzen du. Baina ez du ezer esaten. Eta hitz guztiak daude bere baitan.

6

NOIZ IRITSIKO ZARA PORTURA, Askatasun Andere? Preso nago barkuan. Barkuan preso dagoen Askatasunaren Estatuaren barruan preso. Polizoi bat naiz. Askatasunaren polizoia. Eta nork ez du polizoi bat barruan? Nor ez da polizoi bat, pentsatzen du Olivierrek. Polizoiaren arimarik ez duenak ez du bizirik egotea merezi. Nork ez dauka buruan bete nahi duen hutsune bat. Manu, non ote zaude? Ments nauzu, Manu? Nork beteko du nik buruan egin dizudan zulo txikia, portuko ekonomatoan hartzen genituen pastis eta *demi-bier* haiek norekin hartzen dituzu orain? Olivierrek lurpean egiten zuen lan hori, nork egiten zuen jendearen buru barruan? Nor arduratzen zen oroitzapenak eta disgustuak eta heriotzak eta lezio injustuak burutik ateratzen zizkigutenean, zanga horiek hondarrarekin betetzeaz, ura zirrikituetatik sartu eta azpiraino eror ez zitezen gure buruko artesiak, gure arrazoimena lurperatuz?

Idatzi egingo zion Manuri Ameriketara iristean.

Lepoko mina zuen eta gora eta behera mugitzen zuen, giharrak askatzeko. Zu bezala, Askatasun Andere, esaten zion Olivierrek bere magalean zeraman burdin kurbatuari. Nire lepoak ere libre izan nahi du. Legatz kutxak garraiatzeagatik baino gehiago, sehaska trakets hartan lo egiteagatik zuen Olivierrek lepoko mina orain. Hala iruditzen zitzaion.

Irudipena zeukan bizkarreko konkorra ere egunetik egunera handitzen ari zitzaiola.

Ontzia asko mugitzen zen, kulunka jauzi bortitzak egiten zituen etengabe. Oka egiten zuen tarteka koroan. Lotsatuta zegoen Olivier. Askatasun Andereak begiratu egiten zion. Hori baino ez zekien egiten. Hura ez zen zorabiatzen. Baina Olivier bai. Jitoan zebilen sehaska baten modura mugitzen zen koroa hura. Eta bera, oka egiten zuenean, motibo noble bat imajinatzen saiatzen zen, oka zorabio txoro batek baino gauza garrantzitsuagoren batek eragin ziola, amodio edo sukar edo aberriarekiko maitasunak behartzen zuela koroaren barru hartan txahala egitera. Baina ze aberri ze sukar ze maitasun...

7

–KOMEDIANTEA OSO GAIZKI DAGO, mein führer. Bota eta bota ari da duela bi egun. Urdailak ez dio ezer hartu nahi.

–Ondo merezia dauka. Wiener Schnitzel gehiegi jan du.

–Wiener Schnitzel gehiegi, jauna?

Dieterrek ez zuen ulertu. Ironia garratza zen berea. Ironia garratzagorik esan zezakeen ordea gizon txikiak, baldin eta komediantearen film gehiago ikusi izan balitu. Adibidez: "Bota eta bota? Emaiozue zapata zola bat gatz apur batekin. On egingo dio". Baina era horretan ironiko izateko kultua izan behar da lehenbizi. O, kultua, bai hitz itsusia. Ezaba dezagun. Jar dezagun argia. Argia behar da bizitzeko, leiho handiak behar dira bizirauteko. Kartzelako zigorrik handiena leihorik eza da. Leihoak behar dira ironiko izateko. A. Hori. Hori hobeto dago. Leihoak behar dira ironiko izateko. Komediantea leiho batera inguratu da, ahoa irekitzen saiatu da, matrailezurra apurtuta baleuka bezala sentitzen da. Masailek eta begiek gezurrezkoak dirudite leihoxka hartako ispiluan, biribil eta ubel. Begiak zabal-zabalik ditu eta lepoa gora, *Guernica* koadroa bera amaitzen ari balitz bezala. Baiki, koadro batzuk horrela bukatu behar dira, soto batean, zabortegi batean, odol artean, margolariak ezer ez dakiela, hura Pariseko kafe-etxe batean hanka hankari emanda pipa erretzen ari den bitartean, haren koadroa bukatu.

Ontzidiak abiadura bizian jarraitzen du kostalde amerikarrerako bidean, baina komedianteak ezin du hori jakin, berak ura eta ura baino ezin ikus dezake ironiko izateko aski ez den leiho txiki hartatik, ezin du jakin eta ez du oraindik jakingo norantz doazen, norantz daramaten preso eta zein izen duten beretzat ur arruntak besterik ez diren ur haiek. Patrikarik balu, ez lituzke azazkalik gabeko eskuak haietatik aterako. Baina ziegako uniformeak ez du patrikarik. Zapaten kordelak, gerrikoak eta patrikak, debekatuta presoentzat. Patrika batean ostendu daiteke norbera. Mundutik apur bat ezkutatu. Edo patrika bera poltsatzat erabili bere burua itotzeko. Ihes egiteko tunel bat da patrika, noiznahi desagertzen dira gure patriketatik gauzak. Eta are beldurgarriagoa dena: noiznahi agertzen dira gure patriketan gureak ez diren giltza, txanpon, pizgailu, eraztun, gauza bitxi eta arraroak.

Eta ez dakigu gureak ez diren gauza horiekin zer egin, giltza horiekin zer sarraila ireki. Pentsatze hutsak beldurtzen gaitu.

"Nire eskuek oraintxe ematen dute meatzari batenak", pentsatu du, eta negar egin du komedianteak, negar egin du gogotik, Marco Polo kodea aplikatu ziotenean baino askoz ere jarraikiago eta luzeago eta ozenago. Gero harro sentitu da bere meatzari eskuez.

Jada ez naiz gehiago komediante. Jada ez dut gehiago barrerik egingo. Sekula ere ez. Inoren aurrean ez.

Handik ez hain urruti, ontzi sabelean, pena bakarra du gizon txikiak, pena bakarra burdinazko itsasontzi haiek ez dutelako mastarik ez oihalik. Hori beste gauza bat izango zen. Belaontzi baten gorenean eduki nahi luke gizon bat, behialako, XVI. mendeko espedizioetan bezala, "Lurra! Lurra!" oihu egiteko. Baina bera burdinaren garaian jaioa zen eta horrek egiten zuen burdinazko. Bera ez zen Marco Polo, espeziak, lore lurrintsuak eta enparauak bildumatzen zituena. Adolf da bera. Hynkel, Heinkel... Dei diezaiogun oraingoz *gizon txikia,* eta hitzak baltsamo direla pentsatu.

8

BESTE ONTZI BATEKO SOTOAN, urte asko lehenago, Olivier gaizki ari da pasatzen, hirurogei urte lehenago elkartasuna adieraziko balio bezala komediante torturatuari. Petatearekin batera eta bestera dabil, bastoirik gabe egiten du balantza, galtzen du oreka. Solidario gara batzuetan, jakin gabe hala garenik ere, ez dakigun jendearekin eta ezgaraiko heroiekin, urte askoren buruan jaio edo aspaldi hil ziren heroiekin solidario, aspaldi jaioko ziren eta urte askoren buruan hilko ziren haiekin ere solidario. Olivier koroa baten barruan kiribildua ekaitzaren erdian. Olivier bizkarreko minarekin. Marco Polo kodea itsasoak ezarri zion berari. Askatasunaren barruan oka egiten zuenean, bazuen motibo noble bat: komedianteari bere elkartasuna, sostengua eta hatsa ematen zion oharkabean.

Kostaldea ikusi zuen lau asteren buruan.

Nagiak atera eta sehaskatzat hartu zuen koroatik jaitsi zen. Deskargatzen zutenean, sumatuko ote zuen inork bere gonbito lehortua Lady Libertyren buru barruan? Metalezko liburu erraldoiaren altzoan lo zegoen arratoi bati ostiko eman zion nahi gabe. Zer dago askatasunaren barruan? Arratoiak eta gonbitoa, adiskideok, arratoiak eta gonbitoa. Petatea jaitsi zuen koroatik. Ordu gutxiren buruan portuan izango ziren.

Gaua iritsi orduko lurra zapaldu eta lan bila hasi beharko zuen New Yorken.

1886ko ekainaren 17a zen.

9

–ZUREKIN BAINO LEHENAGO ERE izan ditugu komedianteekin problemak. Robert Hughes Lambert ezagutzen zenuen? Seguru baietz, komedianteen artean guztiok ezagutzen duzue elkar. Morroi hau maritxuen taberna batean harrapatu eta Drancyra deportatu genuen. Zergatik dago hainbeste maritxu komedianteen artean? Ez didazu erantzuten, e? Azkura duzu oraindik azazkaletan? Kontua da gogoan dudala Lambert honen kasua film bat estreinatzekoa zelako. Soinu banda grabatzea falta zitzaien. Filmaren zuzendariak baimena eskatu zuen itxitura zelaietara joan eta txarrantxa-hesiaren beste aldetik Lamberten ahotsean falta ziren zatiak grabatzeko. Aholku eske etorri zitzaizkidan, baimena eman behar ote genien bai ala ez... Jakina ba! Niri zinema gustatzen zait, esan nien, maite dut Greta Garbo, maite ditut zeluloidezko tigre Bengalakoak, grabatu dezatela nahi dutena mikrofonoak txarrantxa artean kiribilduta... Ikusten? Nik ere egin dut zerbait zinemaren alde...

Komedianteak ezin izan zion eutsi.

–Zer gertatu zitzaion Roberti?

–Ez dakit. Ez dut uste sekula Drancytik atera zenik. Filma estreinatu zen, horretaz ziur nago. *Mermoz* uste dut zuela izenburua. Baina utz ditzagun kontu horiek. Badakizu norantz goazen?

10

NEW YORKEK EZ ZEUKAN imajinatu zuenarekin zerikusirik. Uste baino askoz ere ederragoa zen. Central Parkeko zelaiak, portuko joan-etorri etengabeak. Baina, batez ere, harrizko eraikin haiek. Mundu oso bat zegoen uharte haren barruan. Zamaketari bilatu zuen lana hango portuan ere, eta lehen soldatarekin, petatean ekarri ez zuen bizarra egiteko brotxa erosteaz gain, gela bat hartu zuen alokairuan hiriaren hegoaldean, moiletatik gertu.

–Izena?

–Olivier Legrand.

–Ehun eta hamalaugarren gela emango dizut.

Harrigarria. Ehun eta hamalaugarren gela. Hiru solairu eta hamabi gela baino ez zituen ostatu hark, baina hala ere, ez zegoen ehun eta batgarrena baino zenbaki txikiagorik. Hiriaren handitasuna kutsakorra zen, nonbait.

Ehun eta hamalaugarren gelatik moilak ikusten zituen. Bertatik ikusi zuen, egunez egun, Askatasun Anderearen xaflak nola joan ziren bata besteari lotzen; Eiffelek prestatutako barne egitura nola zihoan hazten eta hazten. Koroa jarri zioten egunean hunkitu egin zen apur bat. "Nire ohea, nire sehaska izan zen horrek estaltzen ditik orain emakume horren ametsak", pentsatu zuen. Gonbitoa eta arratoiak. Zaila iruditu zitzaion bizitzan ezer garrantzitsuagorik egitea. Lasai hil zitekeen.

Eta hala ere, hil aurretik emakume bat ezagutu eta harekin ezkondu zen. Marie Ann.

Hil ez, baina urteen buruan medikutara gero eta sarriago joaten hasi zen Olivier. Kontua da ez zuela Olivierrek denbora askorik behar izan konturatzeko gauzak antzekoak zirela ozeanoaren alde bietan. Batzuetan Manurekin gogoratzen zen, ekonomatoko kantinan hartzen zituzten *demi-bier* haiekin. Ez zion sekula idatzi.

Olivierren bizkarra gero eta okertuago zegoen. Zenbateraino okertuta? Komediantearen bastoiaren heldulekua jar dezagun eredu. Dezente, bai. Batek baino gehiagok iseka egiten zion horregatik. Marie Ann, bere emaztearen masaje eta igurtziek mina arintzen zioten, baina bere itxura egunetik egunera desatseginagoa zen.

–Arrain kutxa gehiegi garraiatu dituk!

–Erretiroa hartzak!

–Hau frantsesa duk eta, ez zian ba Nôtre Damen lan egingo, harako beste konkordunarekin besoz beso! Kar, kar, kar!

1886ko urriaren 28an inauguratu zuen estatua ofizialki Grover Cleveland presidenteak. Estatuaren ideia izan zuen Fréderic Auguste Bartholdi eskulturagileak bere bizitzako hogeita bat urte eman zituen egitasmoa aurrera atera nahian. Hasieran, bere ama erabili omen zuen modelo. Baina ama adinekoa izaki, nekatu egiten zitzaion beti zutik egoteaz, eta azkenean, neskameak hartu behar izan zuen amaren lekua. Fréderic Auguste Bartholdi maitemindu egin zen neskameaz, eta baita harekin ezkondu ere.

Neskame bat zen beraz askatasunaren irudia. Paradoxa polita paradoxa bildumatzaileentzat.

Bazen elezahar bat ere zioena, Rouenen bisitan izan zen batean, leihoak eta errezelak itxita zeramatzan zalgurdi batetik gona zimurtuta eta ilea trakets eta banatuta, mantelina eta guzti emazte bat irteten ikusi eta Lady Libertyren aurpegia osatzeko Bartholdik haren hazpegi lizunen gomuta abiapuntutzat hartu zuela. Baina ezin halakorik inolaz ere egiaztatu: kasualitate handiegia litzateke, inondik ere, Bartholdi eta Emma Bovary andreak leku eta denboraren geruza berean topo egitea.

Marie Ann, Olivierren emaztea, bi aldiz geratu zen haurdun, baina galdu egin zituen bi umeak. Horrek ez zion Olivierren konkorrari askorik laguntzen. Mundua gainean eraman behar izateaz gain, *nasciturus* geratu ziren haien arimak ere berak eraman behar zituela zirudien. Eskerrak Marie Ann eta bera elkarren oso lagun ziren oraindik. Marie Ann dena zen beretzat. Eguna gau bihurtzen zenean gure pentsamenduak norenganantz doazen, horixe da benetan bizitza honetan norbait maite dugun jakiteko erarik fidagarriena. Eta Olivierrek ez zuen zaldiz tiratutako zalgurdi lizunen beharrik maite zuenarengana iristeko: garbi zeukan Marie Ann zela bere bizitzako emakumea. Central Parken ezagutu zuen, euri zaparrada baten azpian. Denak larterka babes bila zihoazenean, Marie Ann zen presaka ibiltzeari uko egiten zion bakarra. Horregatik ibili zuten xendra hura elkarrekin. Olivier konkordunak ere ezin izaten zuen laster askorik egin.

–Bustitzea gustuko duzu, orduan?

–Ez, baina presaka ibiltzea gutxiago. Aukeratu beharra dago bizitza honetan.

Aukerak eta bazterrak. Bizitza honetan.

Ilea lehortzeko egin zuen keinu hark maitemindu zuen hezur muinetaraino. Horrela dira gauzak. Nahiko xinpleak. Keinu bat ikusten dugu eta esaten diogu geure buruari, aise biziko nintzateke keinu horren barruan, argi zerrenda bat badu, bisturi batek lanpara baten azpian egiten duenaren antzekoa. Auskalo nora ez ote nukeen ihes egingo keinu horretatik barrena, zirrikitu horretan sarturik. Hori da maitasuna. Hori eta, eguna gau bihurtzen hasten denean, pertsona batengana buruak alde egitea, zaldiz tiratuta edo oinez, baina harengana ihesi.

Lady Liberty askatasunaren sinbolotzat hartu zuen zenbait jendek, bitarte hartan. Baina hiri hartan inork ez zekiena zen –bere neskamearekin larrutan egin eta neskame haren keinuak maitatzen ikasi zuen Bartholdik berak ere ez– Olivier Legranden ohea izan zenak estaltzen zituela andereño haren ametsak.

Gertatu behar zuen noizbait. Egun batez, ezin izan zuen gehiago: lehertu egin zen Olivier.

–Askatasunaren Estatuaren koroaren barruan etorri ninduan ni zuen herri alu honetara, ergelak! Horregatik diat konkor hau bizkarrean! Errespetu pixka bat, alajaina!

Lankideen barreak eta txantxak biderkatu besterik ez zituen egin aitorpen horrek. Olivierrek hustasun handi bat sentitu zuen barruan, lurrarekin berdindu beharko zuen hustasun bat, animua amildu ez zedin bere barruan bizi ziren meatzari ñimiñoen gainera.

11

Normandiakoa ez zen benetako lehorreratzea izan. Manhattango moilatan egingo zutena, hura bai lehorreratzea. Gizon txikiak zerumugaren amaieran begiztatu du Manhattan hegoaldeko etxe-orratzen luze mehar mailakatua, orrazi irregular baten segida hautsi hura, belar ilara bat bezain harro altxatzen, beren itzala uretan islatzen zuten belar ziri lerrokatuak. Askatasunaren Estatua ikusi duenean besoa jasota diosal egiten ari zitzaiola iruditu zaio.

Puztu egin da Adolf. Besoa jaso du berak ere, estatuari begira.

–Hau ere gutarikoa da, Dieter!

–Frantziarrek estatubatuarrei egindako opari bat da, mein führer.

–Seguru?

–Bai, mein führer.

–Bo! Frantximantak! Epel hutsak. Ez dugu, hala ere, oraingoz eraitsiko.

Ez zuten erresistentziarik topatu. Bederatzi ontzi. Ontzidi bat. Hegazkinak. Atzo Europa, gaur mundua! Plataforma luzeak porturantz. Tankeek ireki dute bidea. Soldadu alemaniarrek lasterka egin dute beherantz jauzi, fusila besoan, portuko jendea harrituta dago, egunkari saltzaileak ezin du sinetsi... Nola liteke nik oihukatu ez dudan zerbait gertatzea hiri honetan? Ni naiz egunkariko izenburuak ematen dituena! Nik sortzen ditut, nire ahotsaren kolorea dute eskandaluek eta berri lehergarriek... Baina hau ez dator egunkarian, hau ez... Orduan, hiriko egunkari saltzaileak, mutiko gazte biseradun tirantez jantziak oihuka hasiko dira, egunkaririk gabe, hegaluzea biltzeko erabilitako egunkari paper zaharrak eskuetan hartuta, unean-unean, artean sortu gabeko egunkarien tituluak oihukatuz, oraina eta historia sortuz, behar duen bezala, beren ahotsaren kolorez berriei itxura emanez.

–Azken ordukoa! Berezia! Tropa naziek Manhattan hartu dute!

Behin birritan oihukatzen dute, fusilen batek haien ahotsarekin tupust egiten duen arte.

Adolf entretenituta dago. Wagnerren piezak jotzen ari da orkestra. *Pieza* esatea gutxi esatea da Wagnerrentzat, barkatu. Makinaria oso batez ari gara. Okasiorako sortutako orkestra inprobisatuan ez dago musika-tresna aski Wagner jotzeko. Munduan ere ez. Asmatzeko daude oraindik bere pentagramak ongien interpretatuko dituzten musika-tresnak. Hori du pena bakar gizon txikiak. Bere mundu ikuskera adieraz dezakeen musika tresnarik ez da oraino asmatu.

Leihoxkara atera da komediantea. Manhattanera arribatu direla ohartu da. Ezin du sinetsi. Gurutze gamatuak nonahi, soldadu armatuak portuan barreiaturik, zakur trenkatu baten saihets gorrietan euliak bazkatzen. Jende atxilotua, jende egurtua, batetik bestera alderrai. Bi soldadu txirrika batean bildutako txarrantxa-haria askatzen ari dira, auskalo zer hesitzeko asmotan. Txarrantxa hori dozena bat pertsona lotzeko soka gisara erabiltzen ari direla ohartu denean apartatu egin ditu begiak. Ukalondoan mina dauka komedianteak.

"Eskertu egin behar diot ukalondoari", pentsatu du orain meatzari eskuak dituen komedianteak. Eskertu egin behar diot gorputz guztiaren nekeak eta minak berak hartu dituelako beretzat, ukalondoak ahaztarazi egiten dizkidalako azazkal galduak eta saihets-hezur hautsiak, eta begi morea, edozein boxeolariren begia bezala madari ustela dirudiena. Batzuetan ukalondoak erantzukizuna hartzen du, eta gaitzerdi.

"Baina ez da hori bakarrik. Ukalondoa deika ari zait", pentsatu du. Ukalondoak bizitza propioa dauka, ukalondoak zerbait esan nahi dit. Komediantea zutik jarri da, kostata. Eskotilako kristala apurtzen saiatu da ukalondoarekin. Behin, bitan, hirutan. Arrakala txiki bat agertzeraino besterik ez du kristala ikaratu. Baina ukalondoak mina ematen dio oraindik. Min handia. Eta horrek esan nahi du ukalondoak deika jarraitzen duela, jarraitzeko erregutzen diola. Eta komedianteak kolpeka jarraitzen du, buruaren batere agindurik jaso gabe, bere kabuz, kristala apurtu arte. Aire hotza sartzen da bere ziegara eta jendearen oihuak, lasterkarien hotsak eta tiro lehorrak. Hots arraroak. Hiri batekoak eta portu batekoak ez diren hotsak. Gerra batekoak, agian. Leihatila biribileko kristal puska guztiak erauzten saiatu da, eskuak odoletan. Txikiegia da zuloa pertsona bat sartzeko. Baina bera dagoeneko ez da pertsona bat eta hori abantaila du une horretan. Sorbalda doi-doi sartzen zaio zuloan. Sorbaldarekin egin behar du indarra, besoak enbarazurako besterik ez dira orain. Lepoarekin egin du azken indar-kolpea. Jauzi egin du kanpora. Zapata bat ziega barruan geratu zaio, baina bera kanpoan dago, uretara bidean dagoela askatu ditu eskuak gorputzetik: eskuak aske izateak ez dio, ordea, oraindik ezertarako balio, kamarotetik Manhattango moila aurreko ur koipetsuetan murgiltzen den bitartean.

12

OLIVIER LEGRAND, Wall Street inguruan harrapatu du lehorreratzeak. Bazekien Europa osoaren jabe zirela naziak, baina ez zuen inolaz ere uste Atlantikoaren alde hartara ausartuko zirenik. Ez berak eta ez beste inork. "Ez dira ausartuko" esan berri zuen Roosevelt presidenteak. Baina ideiarik zoroenak, are kriminalenak, aurrera eramatera ausartzen bada inor, orduan zer? Inork ez daki zer egin, inor ez dago aurre egiteko prestatuta. Horrek erasotzailearen pareko zorakeria ahalmena eskatzen duelako, beharbada.

Olivier agure bat zen ordurako. Ia laurogeita hamar urteko agure aspaldi konkortu bat, eguzkia sartzen zenean makulua hartu eta Battery Parkera joatea gustatzen zitzaiona, soslaiez jarri eta bere konkorraren bihurgunea Askatasun Anderearen koroaren angeluarekin gero eta baterago zetorrela ikusteko. Sosegua ematen zion horrek. Ez, ez zuen bere bizitzan ezer garrantzitsuagorik egin, nekez egin daiteke ezer ikusgarriagorik Askatasun Anderearen bidaia hartan beilari eta polizoi izatea baino. Eta orain hau. Alemaniarrak. Naziak Ameriketaren jabe.

Ikara ikusi du ziba dantzarazten ari den ume baten begietan. Emakumeak eta haurrak lasterka. Errabino bat lurrean ahuspez, bizarra odoletan beratzen jarrita balu bezala. Askatasun Andereak hantxe jarraitzen du, lekuko mutu. Makulua hartu eta oinez saiatu da Olivier, Brooklyngo zubiaren aldera. Inork ez dio erreparatu. Hilda dagoela pentsatu du une batez, mamu bat dela bera ere, arima herratu bat. Ingurua begiradaz eskuaretu arren, ez du bere hilotza ikusi. Horrenbestez, oinez jarraitzera deliberatu da.

Orduan begiztatu du. Hemeretzigarren moilaren parean. Gizon bat, zapata bakarrarekin, portuko uretatik ateratzen, aurpegia eta eskuak odolez belztuak eta koipez gorrituak. Narrasti bat zirudien, narrasti atzeratu bat izaki bizidunen bilakaera osoki gauzatu gabea gauzatzera zetorrena, ugaztun bihurtzera zetorrena milioika urteko atzerapenarekin. Lausoki ezaguna egiten zitzaion aurpegi bat zen, polizoi batena; naufrago bat zelako egingo zitzaiola ezagun pentsatu du hasieran, jarreragatik bere aurpegiagatik baino. Nekez eta herrenka zetorren, oinez. Gizonak Olivier ikusi duenean, bere makuluari begira geratu zaio, izoztuta legez, polizoiak berak ere Olivier ezagutu izan balu bezala. Polizoia berarenganaino heldu da, erdi arrastaka, zutitzen ahalegindu eta alkandoratik heldu dio. Baina doi eusten dio zutik bere gorputzari: berehala erori da berriz lurrera. Gero, makal altxatu da ostera, eta Olivierren makuluan jarri du esku bat. Orduan osatu du puzzlea: bastoia ukitu duen une berean argitu zaio burua Olivier zaharrari. Bastoi hark adierazi dio nor zuen aurrean: nor eta komediante ospetsu hura berbera! Ikusiak zituen haren filmak, eta haien artean bat, New Yorkera etorkizun hobe baten bila zetorren etorkinarena zen, bazuen beste bat umezurtz-etxe batera daramaten ume bati laguntzen dionekoa ere. Etorkin narrasti eta umezurtza zuen bere aurrean orain. Lurretik altxatzen lagundu eta bere etxerantz eraman du, pausoz pauso, tropa ontzitik jaitsi berriek oraindik okupatu ez duten karrika estu batean barrena.

13

OLIVIERRI MIRAKULUA IRUDITZEN ZITZAION. Seinale bat. Federik ez zion jainkoren batek bidalitako zerbait. Gaizkiaren sabelean etorri zen komediantea, irria, barrea, salbazio posible bakarra. Egunkariek denbora asko zela eman zuten haren desagertzearen berri. Hiltzat jo zuten aspaldi. United Artists konpainiak eskela eta guzti argitaratu zion tirada handieneko egunkarietan. Oscar sari banaketan omendua zuten, urte hartan bertan.

Komediantea oso ahul zegoen. Astebete eman zuen Lower East Sideko Olivierren etxean, ohetik altxatu gabe. Lehen lau egunetan zopak baino ez zizkion urdailak onartzen. Koilararekin ematen zizkion Olivier indarberrituak. Gazte hura Olivier bera baino gertuago zegoen heriotzatik, eta horrek, nolabait, bere heriotzaren unea atzeratzen laguntzen zion.

Olivierren emaztea komediantearen ondoko ohean zetzan. Mugitu ezinda. Gaitzak jota. Begiak ere apenas mugitu zitzakeen. Zera galdetzen zion Olivierrek bere buruari: emazteak antzemango ote zuen zerbait. Ohartuko ote zen orain bi zirela Olivierrek jaten eman behar zien ahoak, ba ote zekien gela berean, ondoko ohean zegoen gizon haren filmak ikusten izanak zirela senar-emazteak oso aspaldi ez zela, Broadwayko zine emanaldietan.

Olivierrek laztandu egiten du Marie Annen ile zuria. Komedianteak lepoa mugitu gabe begiratzen du senar-emazteen arteko estanpa samurra. Ze paradero duk hau, komediantea? Nora bidali hau patu gaiztoak? Zer gertatzen ari duk hor kanpoan? Hori guztiori pentsatuagatik, komedianteak ez du hitz erdirik esaten. Zinema mutuaren garaira itzuli da. Portuan hilzorian zegoela jaso duen gizonak bera nor den igarri duela susmatzen du, eta horregatik eskertzen dio portuan lagundu orduko bere film guztiak ikusi dituenik ez esan izana. Diskrezio hori eskertzen dio, arreta bereziz zaintzea, baina aldi berean uretatik ateratako beste edozein narrasti umezurtz zainduko lukeen prestutasun arruntarekin. Sufriarazi egiten dio bere ondoko emakume ezindua ikusi beharrak, baina ziur asko etxe hartan ez dagoela beste gelarik pentsatu du. Ez da oroitzen etorri zen egunean korridorerik igaro zuen, beste aterik ba ote zegoen bidean. Baina, hala susmatzen du, etxe hartan ez da leku askorik egongo. Olivierrek ondoko gela batean tapakiak lurrean jarrita lo egingo duela ondorioztatu du komedianteak. Eta zer egin dezaket nik orain, pentsatzen du halaber, zer egin dezake komediante batek; gerra galdu dugu, dagoeneko ezin dugu barrerik egin, ezeri barre ez, heriotzari akaso, baina alferrikakoa da hori. Heriotzak ez du leihorik.

Marie Ann, komediantea eta Olivier. Olivierrek zera galdetzen dio bere buruari: hiru haietarik nor izango ote den hiltzen lehena. Bera izango balitz zer gertatuko litzatekeen beste biekin. Horrek kezkatzen du. Komediantea eta Marie Ann bakarrik geratuko balira, orduan zer?

Irratiak inguruko etxeak miatzen ari zirela esan berri du. Zerbaiten edo norbaiten bila dabiltza. Zerbaitzat jotzen duten norbaiten bila, gauzaki bihurtutako narrasti bat, giza izaera ere ukatzen zaiona. Beti ari dira norbaiten edo zerbaiten bila. Errolda berriak egiten, kaleen izenak aldatzen, zerrendak egin eta desegiten, hizki zaharrak ezabatu eta kaligrafia gotikoarekin ordezkatzen. Historiako orrialdeak aldatzen. Non dago armada amerikarra eta non dago Roosevelt presidentea? Irratiak mutu zirauen berriro, musika klasikoa baino ez, tarteka. Wagner. Piezak baino gehiago, makinaria oso bat.

Wagnerfono bat zen hiria: Wagnergrado.

14

–ZE DESBERDINA DEN KEA fusil baten muturrean egon beharrean kafe kikara batetik ateratzen denean, ezta?

Komedianteak irribarre egin du, estreinako aldiz.

Ohetik altxatzen den lehen eguna da eta deus esan ez arren, begiekin eskerrak ematen dizkio Olivierri, uneoro.

–Badakizu? Itsasontzi baten sabelean etorri nintzen ni hona. Ez didazu sinetsiko, baina Askatasunaren Estatuaren koroan sartuta etorri nintzen, ezkutuan, aspaldi batean, 1886an.

–Zergatik ez dizut ba sinetsiko?

Haiek izan ziren komediantearen lehen hitzak. Ekarri zetaz bilduriko zapata kaxa huts bat, zerbait malgua, urrea balio duten lehen hitz horiek biltzeko, ekarri esentzien botila, Marco Polo, Khan Handiari eraman diezazkiozun komediantearen lehen hitzak. Olivier agurea. Olivier konkorduna. Olivier, urte askoan bere lantokiko lagunek barre egin ziotena, erretiroa har ezak, legatz kutxa gehiegi, legatz kutxa gehiegi motel, harritu egiten al haiz lepoa gogortuta izatea?, kutxa gehiegi garraiatu dituk hik, hori duk gertatzen zaiana, Nôtre Damen ez zian ba honek lan egingo harako beste konkordun harekin besoz beso? Eta orain: zergatik ez dizut ba sinetsiko. Hitz haiek. Baltsamua. Burua lepo gainean eta lepoa lurretik urruti sentitu zituen. Harro sentitu zen Olivier hitz haiek entzunda.

Komedianteak bere eskuak jarri zituen Olivierren esku zimurtuen gainean. Olivierrenak baino are zaharragoak ziruditen: azazkalak falta zitzaizkien hatz gehienei; odol lehortuzko zarakar txiki haiek, antrazita zatiak eta garai batean betetzen zituen zangetako lurraren kolorea ekarri zizkioten gogora.

15

GIZON TXIKIA EZ ZEN INOZOA. Behin behineko gobernuak Woolworth eraikinean jarri zuen egoitza eta bere gaineko hamar solairuetara bildu zituen Harlemgo eta Central Park East aldeko emakume haurdun guztiak eta umeak. Horrek bertan behera uzten zituen erabat kuartel jenerala airez erasotzeko aukera oro. Goiko solairuetako zaintze lanak egitera zigortu zuen Dieter: ez zuen komedianteari ihes egiten utzi zion inozo hark besterik merezi. Gutxigatik itzuri egin zion Dieterrek fusilatze pelotoiari. Egia esan, orkestrarena ez zuen guztiz txarto antolatu, eta gizon txikia umore onez zegoen, barkatzeko prest. Dena erraza izan zen ordura arte. Oso erraza.

Hilabeteak ziren New Yorkeko kaleetan instalatutako megafonian Wagnerren musika besterik entzuten ez zela. Charlie Parker, Dizzy Gillespie eta 52. kaleko gainerako jazz musikari guztiak Wagner jotzen jarriak zituen orain, zuriz jantzita, esbastikadun besoko bana, Radio City Halletik zuzenean emititzen.

Hilabeteren buruan bereganatua zuten ekialdeko kostaldea, Etxe Zuria barne, jakina. Gizon txikiak baztertu egin zuen gobernua Washingtonera eramateko hasierako asmoa, aholkulariek hala gomendaturik. Arriskutsuegia omen zen. Seguruena, New Yorken jarraitzea izango zen, Woolworth eraikinean.

Eta Franklin D. Roosevelt eta enparauak? Presidentea eta bere taldea mendebaldeko kostara erretiratu eta Los Angelesen errefuxiatuak ziren. Denbora beharko zuten gizon txikiaren osteek hara iristeko. Baina denbora beraiek fabrikatzen zutenez, ez zegoen presarik.

Gizon txikiari ez zitzaion Los Angeles idorra askorik interesatzen. Bai, ordea, hango auzo ezagun bat, *Ametsen Fabrika* deitzen zuten hura, bere eskuetan ez zuen lantegi bakarra: Hollywood. Horixe zuen Roosevelt presidenteak eta haren taldeak arma nagusia orain beraren aurka borrokatzeko. Propaganda. Horrek apur bat beldurtzen zuen. Apur bat bakarrik.

Komediantea akabatu izan balu, sikiera.

16

–Ez duzu etxean idazmakinarik izango?

Komedianteak pipan erretzen zituen Olivierrek ekarritako tabako izpiak. Ez ziren pipan erretzekoak, baina hala erretzen zituen.

–Ez, baina lor dezakegu bat.

–Uste dut badela garaia nik ere apur bat laguntzeko, ez? Ondo nago dagoeneko.

–Ez, zuk ez. Ez duzu gela honetatik irten behar. Arriskutsuegia da oraindik.

Komedianteak ezinegon keinu bat egin du ados ez dagoela adierazteko. Olivierrek esan ziezaiokeen okindegian goiz hartan ikusi duena: soldadu bat okin beltz baten burua irin zaku batean sartzen, asfixiaraino zurbil. Baina ez dio esan. Horren ordez, kezkak baretu nahi izan ditu.

–Biharko ekarriko dizut idazmakina. Nik badakit non bilatu.

Kalera atera da Olivier. Okupazioaz geroztik, oso astiro ibiltzen da bere makuluarekin, normalean baino askoz ere astiroago. Soldadu alemaniarren errukia bilatzen du. Agure gizajoa. Baina harro dago orain, indartsu sentitzen da, makulurik gabe ere ibiltzeko moduan. Orain badu egiteko bat.

Idazteko makina bat aurkitu.

Jatekoak eskuratu ditu lehenbizi. Errazionamendu kartak bi pertsonentzako jakiak baino ez dizkio baimentzen eta merkatu beltzean erosi behar izan ditu hegaluze lata horiek. Idazmakinarik bazuten galdetu duenean, harriduraz begiratu diote.

–Idazmakina bat? Sasoi honetan?

Denboraz kanpoko fruituak eskatu balitu ere, halako arraposturik.

–Zertarako baina?

"Historia aldatzeko", esan beharra sentitu du. Munduaren eta gure bizitzaren gaineko bridak berriro gure esku izateko. Baina ez du ezer halakorik esan.

–Ez dakit, eskuz idatzitako testamentu bat... Ez zait serioa iruditzen.

Orri koipeztatu bat atera du patrikatik.

Ezpain ondoan orina daukan mutikoak harrituta begiratu dio Olivierri. Nagusiarengana inguratu eta zerbait esan dio. Nagusiak muturra atera du errezelen beste aldetik, mesfidati. Garai batean kasino izana zen orain orotarikoen salerosketa merkatu bihurtutako zoko ospel hura.

Nagusiak baiezko keinua egin ondoren baino ez du mutikoak idazmakina hautseztatua armairutik atera. Ikaragarri astuna da.

–Garestia da, hori bai. Dirurik baduzu?

–Idazteko zintarik badu?

–Bai. Baina bakarra. Ez daukagu ordezkorik.

–Eraman egingo dut.

–Zazpi dolar eta erdi.

–Zulotzar honek bingo izateari aspaldi utzi ziola uste nuen.

–Barkatu?

–Tori, tori... Zazpi emango dizkizut eta bakea.

–Asko pisatzen du, ez dakit eraman ahal izango duzun.

–Ahal izango dut. Zaude...

Aulki batean eseri da Olivier. Aho ondoan orina daukan mutikoak harri eta belarri begiratu dio.

–Jarri bizkar gainean.

Mutikoak begirada bat gurutzatu du nagusiarekin, zer egin behar ote zuen galdetu nahiz. Nagusiak jarraitzeko keinua egin dio, buka dezagun behingoz, agure ero bat besterik ez da eta, testamentua idatzi edo bere buruaz beste egin nahi du agian, makina hori bizkar gainean hartzea suizidio bat da behintzat, hara hor testamentua, orri zuri bat eta gizon bat hilda, lepoan oskoltzat hartutako Underwood makina baten azpian, goian bego. Baina behean dago.

–Ez kezkatu. Ohituta nago. Portuko zamaketaria izan nintzen.

Berandu erreparatu dio ezpainen ondoan orina daukan mutilak erakusmahai gainean ahaztuta geratu den eskuz idatzitako testamentu koipetsuari. Ez da berez testamentu bat, egunkari atzeratu bateko txatala baizik.

Idazmakina bat oinez Manhattango kaleetan barrena. Poliki, dortoka baten maskorra balitz bezala. Dortokek mundua aldatuko lukete, utziko bagenie.

17

ASTEAK EMAN DITU komedianteak idazmakinaren aurrean idazten. Leiho ondoan jarrita idazten du, goizean goizetik, Marie Annen ondoan. Apenas altxatzen duen begirada idazmakinatik, leihora desbideratzeko ez bada. Olivierri zera iruditzen zaio: komedianteak idazten duena leihora joaten dela zuzenean, idazmakinaren karretea jiratu ahala foliora ez baizik eta leihoko kristaleraino irristatzen dela idazten ari den hori guztia, zernahi gauza, kantu eder bat, inolaz ere ez berak traste-dendako mutikoari aipatutako agure baten testamentua. Edo agian alderantziz gertatzen da, leihoko argitan irakurtzen duena idazten du komedianteak, automatikoki, norbaiten diktatuaren pean balego bezala. Begia zabuka dabilkio leihotik orri zurira eta orri zuritik leihora. Argiak elikatzen du komediantea eta argia da idazten duena, itxaropenaren seinale. Idazten ari den folio bakoitza argi edukiontzi bat litzateke orduan, argiaren uzta biltzen ariko da komediantea, garia biltzen duenak bezala, egun ilun haietan argiaren uzta biltzen, zegoen argi apurra landu eta hari forma ematen, hura itxuraldatzen. Argiaren inbentarioa ilunpearen garaian.

Borrokatzeko era bat.

Olivier egunean bi aldiz baino ez zen sartzen logelara: Marie Anni ilea laztandu eta jaten ematera eta komediantearen ohearen gainean janari azpil bat uztera lehenik eta azpila jasotzera gero. Bere oheak egunak zeramatzan ukitu gabe, desegin gabe. Komediantea, nekatzen zenean, idazmakinaren gainean lokartzen zen, edozein letraren gainean; edo ez edozein letraren gainean, baizik eta oso ondo pentsatutako letren gainean, hatz mamiekin bi hitz idatziz, beharbada Z y k l o n B letren gainean, edo agian o r d u a n hizkien gainean hatzak jarrita lokartzen zen, hurrengo goizean hariari nola jarraitu gogoraziko zion zerbaiten gainean.

Gauez ezin izaten zuen idatzi, naziek argindarra kentzen zuten ilunabarrero uharte guztian. Uharte guztian, Woolworth eraikinean salbu, jakina. Beti zegoen argia han, eta gauez, inprenta baten zarata entzuten zen.

–Zergatik kentzen ditek gauez argindarra?

–Woolwortheko inprentan behar ditek.

–Zertarako baina?

–Propaganda inprimatzeko.

–Eta zer ziok nazien propagandak? Zer promesa egiten ditek oraingoan?

–Argindar instalazioa hobetu egingo omen ditek.

Manhattanen ez zen ziri hark laztandu ez zuen belarririk izango.

Baina komediantea ez zegoen adar-jotzeetarako. Batzuetan, ez zuen otordua ukitu ere egiten. Olivierrek ez zion horrelakoetan deus esaten. Hitz bat bera ere ez. Argiaren uzta alez ale biltzen duten mahats-biltzaileei utzi egin behar zaie haien lana egiten, haien erara, inork trabarik jarri gabe.

Olivierrek atearen beste aldetik entzuten zuen komediantea idazten: teklen zarata hori, munduak aurrera jarraitzen zuen seinale. Argi lantegi bat, han, ehunak eta ehunak eta leihoak sortzen eta ehuntzen, munduarentzat izango ziren leihoak, mundua estaliko zuten leihoak, zirku erraldoi bateko karpa baten pare, baina dena leiho adabakiz egina, dena idazmakina bati esker. Berak konkorrean ekarritako idazmakina bati esker. Horrekin harro sentitzen zen Olivier. Bere bizitzan egin zuen gauzarik garrantzitsuena aspaldi egin zuelakoan zegoen lehen; orain ez. Orain bazekien oraintxe egiten ari zen huraxe zela bere bizitzako gauzarik garrantzitsuena.

Zalantza egun batzuk izaten zituen lantzean-lantzean komedianteak. Gelako atearen zirrikitutik, aulkia zurezko lurraren gainean urduri nola irristatzen zen sumatu zuen Olivierrek, kezkati. Egun haietan ez zen teklen zaratarik, geldirik zegoen argiaren faktoria. Eta luze joaten ziren egunak komedianteak idazten ez bazuen. Olivierri luze joaten zitzaizkion. Oso luze. Zorionez, ez ziren krisialdi itsuak izaten. Olivier etsitzear zegoenean, belarria atean itsatsita komediantea amore ematear zegoela iruditzen bazitzaion ere, azken unean berriro hasten zen teklak sakatzen eta sakatzen, indarberrituta. Irratian Wagnerren musika besterik ez zegoenetik, idazmakina hura bihurtu zitzaion irrati: teklak eta orria karretean labaintzen, lerroaren amaiera adierazten zuen kanpaitxoa eta orria tinkatua eta orria kolpe lehor batekin idazmakinatik aterea eta lurrera erortzen utzia... morse kode baten antzekoa zen. Orrialdeak eta orrialdeak bata bestearen gainean pilatuta.

Marie Ann ere alaiago zegoela iruditzen zitzaion. Irribarre egiten zuela bere erara, mugitzen ez ziren aurpegiko gihar haiekin.

18

–DENA ONDO DOA, mein führer. Berrogeita hamabigarren kaleko musikariak ere mausoleoa eraikitzen jarri ditugu.

–Fritz Langen berririk ba al da?

–Hura ere Hollywooden dagoela ematen du.

Gizon txikiak sudurra zimurtu du. Fritz Langen *Metropolis* filma ikusi zuenean, nazien propagandarako behin betiko filma egingo zuen gizona aurkitu uste izan zuen zeluloide puska haren atzean. Fritz Langek muzin egin zion, ordea, haien mandatuari. Eskerrak beti geratuko zitzaien Riefenstahl.

–Eta komediantea?

–Bila gabiltza, baina ez da inondik inora ageri. Hilda egongo da hori honezkero.

–Eta hilda badago, non dago gorpua, Dieter? Non demonio dago haren gorpu ustela? Non demonio? Arratoiek jan dute? Ez! Arratoiek ez dute arratoirik jaten!

19

GOIZ HARTAN, EGUNERO BEZALA, Marie Anni otordua eman eta komediantearen ohe gainean azpila uztera sartu denean, komediantea jiratuta topatu du. Leihotik begira egon beharrean, idazmakinari bizkarra emanda, ukalondoak belaunetan, Marie Annen oheari begira. Ohe ondoan, ehun bat folio, beltza zuriaren gainean. Apurka-apurka gris bihurtzen ari da tinta beltza –"ez daukagu ordezkorik"–, horrexek kezkatzen du apur bat Olivier zaharra. Ez zion, hala ere, komedianteari horri buruz deus aurreratu nahi izan. Une egokia topatzen duenean, orduan esango dio.

Marie Ann hantxe zegoen, begiak zabalik, gihar bat bera ere mugitu gabe. Eta komediantea hari begira.

–Zer gertatzen zaio?

–Buruko tronbosia. Hiru urte daramatza horrela, giharrik mugitu gabe.

Isilune luze bat etorri da gero.

–Aurpegiarena da okerrena. Ez dakit nik betirako aurpegi-espresio izoztu bat hautatzekotan, geratu zaiona hautatuko zukeen.

–Entzuten du ezer?

Irribarre mingotsa egin du Olivierrek.

–Zer, Wagnerren musika?

–Gortuta dago orduan?

–Medikuek baietz uste dute, baina ez dago ziur jakiterik. Nik ezetz pentsatu nahi dut. Idatzi duzuna buruan hartuta joango dela beste mundura, joan behar duenean.

–Ez duzu inoiz pentsatu…

–Hiltzea?

–Bai.

–Beste garai batekoa naiz ni, jauna. Beste mende batekoa…

–Ulertzen dut.

–Nola doaz zure idatziak?

–Ondo. Ia bukatu dudala uste dut.

–Irakur dezaket?

–Hobe dena bukatzen dudanean.

–Ez daukagu tinta gehiago.

–Lortzerik ere ez?

–Zaila ikusten dut… Zinta hori bukatzen denean, akabo.

–Moldatuko naiz.

–Badakizu, Olivier? Ikaragarri eskertzen dizut nire izena sekula ez esan izana.

–Nik, berriz, nirea esan izana eskertzen dizut.

–Ez dakit hau nola bukatuko den, baina eskerrik asko.

–Nik eman behar dizkizut eskerrak, nire bizitza luzatu egin duzu. Berpiztu egin nauzu.

–Tori, irakurri. Ez dakit zerbaiterako balio duen, baina tira.

–Ziur baietz.

–Ni ez nago horren seguru.

Komedianteak gela utzi du. Olivier irakurtzen hasi da. Tarteka, irribarre epel bat marrazten du ezpainekin.

20

KOMEDIANTEAK OLIVIERREN ETXEA utzi zuenean, lotan utzi zituen bera eta Marie Ann. Olivier eskuizkribuaren azken lerroak irakurri ondoren hartu zuen nonbait loak, erabateko soseguan, irribarre imintzio bat aurpegian. Irribarre hori nahikoa zitzaion komedianteari idatzi zuenaren balioaz konturatzeko. Eskuizkribua balekoa zen. Ez zuen iritzi, lausengu edo kritikarik entzun nahi. Ez zituen behar. Irribarre izatera ere ailegatzen ez zen bisaje lasai, baketsu hura nahikoa. Bere arnasa sakonagatik ez bazen, hiltzat joko zuen Olivier. Komediantea gelatik irtetear zela, Marie Annek begi bat zabaldu ez ote zuen iruditu zitzaion. Baina ezinezkoa zen: Olivierrek berak ixten zizkion begiak gauean eta irekitzen goizean. Ohe gainetik jaso zituen izkribuaren orrialdeak; azkenari tira egin behar izan zion Olivierren hatz artetik, zast, askatzeko. Karpeta batean batu eta kalerako bidea hartu zuen. Etxeak ez zituen hogeita hamar metro koadro baino gehiago izango. Komedianteak eta Marie Annek lo egiten zuten gelaz gain, sukalde estu bat zegoen, ordura arte sekula ikusi ez zuena. Atea ireki zuen: bertan egiten zuen lo Olivierrek, zumezko kulunkaulki batean, manta bat hartuta, etzateko leku askirik ez eta. Alde egiterakoan ikusi zituen komedianteak kulunkaulkia eta manta zimurtua; haien ondoan, kafe kikara bat. Izua sentitu zuen kulunkaulki hari begira. Kulunkaulkiak Olivierren antza ikaragarria zuen, konkor eta guzti. Objektuak ankerrak izaten dira batzuetan, gizakiak zurrupatu eta haien arimez jabetzen direnean.

Agur esan zion kulunkaulkiari, agur horrek Marie Ann eta Olivier agurtzeko kemen nahikorik ez izana arinduko ziolakoan. Ez zuen arindu, eta karga horrekin atera zen kalera.

Olivierren gabardina luze bat soinean zuela abiatu zen eskaileretan behera. Gabardinako patrikan, ezusteko opari bat: hogeita hamar dolar eta sarraila ezezagunen bat irekitzeko giltza bat. Dirua beharko zuen. Giltza berriz, kutun gisara gordetzea erabaki zuen, deus irekitzeko balioko ez zion jakinaren gainean.

Garaipenaren ondoren, nolabaiteko lasaitua hartu zuten naziek, ez zituzten jada kaleak hain zorrotz zaintzen. Bukatu ziren lehen asteetako ikuskizun makabro haiek guztiak, farola altuetan urkatu eta zentzagarri gisara bertan zintzilik uzten zituzten erresistentziako gizonen gorpuak.

East Village-en hartu zuen ostatu.

–Hamar dolar astero. Gehi hogeiko fidantza.

Ez zion diruak askorik iraun. Eskatutakoa harrera mahaitxoaren gainean jarri eta bizkor patrikaratu zuen atsoak. Diruaz aparte, ez zion besterik galdetu. Hobe horrela.

Hamabost metro koadro inguruko gela bat zen, ohea eta freskatzeko konketa besterik ez zituena. Astebete eman zuen eskuizkribua berrirakurri eta zuzentzen, idazmakinaren zinta bukatzear zegoela eta gris ahul zeuden hizkiak tinta beltzez gainetik pasatzen. Etxe txikien abantailez ohartzen hasi zen orduan: hamabost metro eskaseko gelaxka hartan ez zeukan berak nahi zuen lekura ailegatzeko apenas mugitu beharrik. Idazmahaitzat erabiltzen zuen ohetik beso bat altxatu eta konketaraino iristen zen, aulkitik altxatu beharrik izan gabe freska zezakeen aurpegia. Bizileku txikia izatea etxea soinean eramatea bezalakoa da, ez da gela batetik bestera denborarik galtzen. Errazagoa zitzaion bere baitan biltzea gela txiki hartan. Ideiak katuak bezalakoak ziren, zenbat eta leku gutxiago izan orduan eta zailagoa izango zuten begien bistatik ezkutatzea. Gela bildu hartan bizitzea, bere garunaren barruan bizitzearen pareko zela sentitu zuen. Edo hobe esan, bere garunari gelaxka haren forma eman zion oharkabean.

Jokotzat baino gehiago, desafiotzat hartu zuen gela txiki hartako bizitza. Egun gutxiren buruan, bereganatua zuen egin beharreko mugimendu gehienak aulkitik altxatu gabe egiteko trebezia: oin batekin irratia pizteko gauza zen –berehala itzaltzeko, jasanezina baitzen egun guztian Wagner entzutea–, eta, aldi berean, beste oinarekin leihoko gortina igo eta jaitsi zezakeen. Komunera joateko baino ez zuen aulkitik altxatu behar, tarteka.

Egunek aurrera egin ahala, gelako hormen hezetasuna eta izerdia sumatzen hasi zen. Gelako hormek bere larruazalaren funtzio berbera betetzen zutela iruditu zitzaion, hormak eta bere azala biak bat zirela, zementua eta azalaren arteko sintesia. Eroso zegoen han. Astean behin baino ez zen kalera irteten, zaborrontzietan jatekoa bilatu behar izaten baitzuen elikatuko bazen. Boxeo eskularru bat topatu zuen behin zaborretan, jabearen eskua artean barruan zuena.

Oka eginez igaro zuen egun osoa.

Bigarren astetik aurrera, errenta ordainduko bazuen, metroan abesten hasi behar. Ez zen beti erraza: patruila alemaniarrak ez ziren bereziki kantu zaleak. Hasieran zalantzak izan bazituen ere, ez zuen inork ezagutu. Hilda eta lurperatua zegoen jendearen oroitzapenean: inori ez zitzaion bururatu ere egingo, hara, hara komediantearen antza du ba clochard--homeless-kalejale-txanponerruki horrek! Inori ez. Jendearen memoriatik galtzea mingarria zela pentsatu zuen. Mingarria bai aurrena, baita lasaigarria ere gero, ordea.

21

EVA, Eva, Eva.

Eva lo zegoen bere gelan. Gizon txikiak tapakia kendu zion eta bere gorputz biluziari begira geratu zitzaion luzaro. Seinaleren baten bila ari zen. Berarekin lo egiten zuen emakumeak Eva izena izateak zerbait esan nahiko ote zuen galdetu zion bere buruari. Paranoia baten mende, gizon txikiak bere saihets-hezurrak zenbatu zituen, banan-banan: ez zitzaion bakar bat ere falta, jainkoari eskerrak. Bere izaratik askatuta, hotzikara batek esnarazi eta argia piztu zuen Evak.

–Zergatik ez zatoz lotara, laztana?

–Lorik egiten ez dudalako. Tuntuna ematen duzu.

Denbora fabrikatzaileek ez dute lorik egiten, otu zitzaion, baina ez zuen sestrarekin jarraitu nahi izan.

Evak tapakiaren punta kendu zion orduan gizon txikiari, eta burua izarapean sartu zuen ostera.

Gizon txikiak korridorea zeharkatu zuen, egongelarantz. Saski batean, dozena erdi sagar zegoen, kolore itzaliak eta kafe koloreko horma-papera zituen gelan lotsagabe, gorri eta harro. Gizon txikiak leiho bat ireki zuen, parez pare. Kaleko garitako zaindaria lo zegoela konturatu zen. Saskia hartu eta sagar tiraka hasi zitzaion orduan. Zelataria aztoratuta esnatu zen halako batean.

Hurrengo goizean fusilarazi zuen.

Hiru egunez konpota jan zuten kantinako rasoek.

22

KOMERIANTEAK, Olivierren gabardinako giltza laztantzen zuen lantzean behin. Nekez eusten zion Olivierri bisitatxo bat egiteko tentazioari. Baina ezin zuen halakorik egin. Aurrera egin beharra zeukan, Olivierrek eta Marie Annek ulertuko zuten, ziur zegoen horretaz. Azken aldian trabatuta sentitzen zen ordea, ez aurrera eta ez atzera. Eskuizkribua zuzendutzat jotzen zuen aspaldi, eta pauso berriak egiteko garaia zela ebatzi zuen. Lokal bat behar zuen aurrena eta gero antzerki lan hura antzeztuko zuen jendea aurkitu eta antolatu. Ez zen samurra izango.

Pentsiora iritsi eta azken astea ordaindu zion ugazabari. Metro eta erdi baino askoz gehiago ez zen emakume gizenkoteak ez zuen galderarik egiten, ezta berak bezala dena txanponetan ordaintzen zutenei ere.

Ez zeukan ez dokumenturik ez lotarako leku bat luzaro ordaintzeko dirurik ere. Chinatownen, gelak barik, Kim delako batek armairuak ere alokatzen zituela jakin zuen. Hara abiatu zen, gero eta bizileku txikiagoa izanda, gauzak eta ideiak garbiago ikusi eta pentsatzeko ahalmena zorroztuago eta bideratuago edukiko zuelakoan.

Espazio ñimiño batean bizitzera ohituta zeudenentzat, ez ziren hain txikiak armairu haiek. Kim ugazabak arauak aletu zizkion: arropa guztiak pertxa batean zintzilikatu behar ziren; erraza zen horretara ohitzea, batez ere soberako arroparik ez zenean. Arropak pertxa batean bere sudurraren gainean dilindan ikusteak konpainia egiten zion, norbait zegoela berarekin irudikarazten zion komedianteari. Bi zulo zituen armairuak, alde bakoitzean bana, kanpotiko airea sartzeko. Belaunak kizkurtuta arazorik gabe lo egin zitekeen han barruan. Armairuek apal antzekoak zituzten izkinatan, ertzetan borobilduak: bertan pilatzen zituen zaborretatik erreskatatzen zituen hegaluze lata erdi hutsak eta bestelakoak. Eskuizkribua, karpeta urdina, haiek ez zituen inoiz abandonatzen, haiei besarkatuta hartzen zuen gauero loak. Armairu barruan eta kandelen laguntzarekin, eskuizkribua berriro irakurtzeari ekin zion. Begiak gero eta nekatuago zeuzkan. Gandua egin zitzaion begiradan. Lerro behar zutenak bata bestearekin korapilatu eta elkar zapaltzen zuten, txarrantxa lerroak baino ez zituen ikusten hizkiak eta hitzak beharrean, eta lubakietako kedarra eta sua, leherketak eta lehergailuek egindako zuloak. Bero sapa. Aurki iratzarri zen lokamutsetik: kandeletako batek su eman zien bere gainean zintzilik zegoen trajeko prakei eta sutan zegoen armairu barrua. Karpeta urdina hartu eta derrepente egin zuen kanpora jauzi. Zorionez, suak gorantz egin zuen, sutarako egurra edo ikatza baino erregai hobeak ziren arropa zaharretan gora, eta altzoan zuen orrialde trontzoa onik atera zen.

Armairuko triskantza erabatekoa izan zen, ordea. Kim ugazabak armairutik kanporatu zuen.

23

Gizon txikiak mahats mordoak gosaltzeko ohitura hartu zuenetik kexu zen Eva.

–*One apple a day keeps the doctor away*. Ez al duzu entzun sekula, laztana?

Eva, Eva, Eva. Beti Eva.

Guda-oinean ongi zihoan aurrerabidea, orratzek zulatutako AEBetako kartografian barrena, gero eta mendebalderago kokatzen zen mapa gaineko konkisten hari gorria. Gizon txikia aspertu egiten zen, ordea, bere burua beti han eta beti bakarrik ikusita. Woolwortheko kuartel jeneralean, goiko pisuetako emakume haurdunak eta umeak oihuka entzuten zituen tarteka. Gogaikarria zen: bereziki soldaduek –haiek ere aspertzen baitziren– amei umeak kendu, eta, etxe-orratzaren gorenera igota, haiekin erori-berori, zalantza-balantza, hutsera nor amilduko jolasean hasten zirenean.

Evak izarekin burua estali eta lo luzea egiten zuen gau haietan, kalera irteten hasi zen gizon txikia, apur bat egurastera, gabardina bat jantzi eta inork ez ezagutzeko moduan mozorrotuta. Negua zen, kalean ez zebilen inor: gezurra zen hiri hark inoiz lorik egiten ez zuenik.

Gauez gau, gero eta paseo luzeagoa egiten hasi zen, harik eta, egun batez, Downtowneko moilaraino iritsi zen arte.

Moilan, gogo onez oroitu zuen tropa alemaniarren lehorreratze arranditsua, jada urrun ikusten zuen egun loriatsu hura. Baina berehala zapuztu zitzaion loria, Marco Polo kodeaz eta komedianteaz oroitzearekin batera erremingostu zitzaion akordu gozo hura. Auskalo non eta zertan zebilen orain alubita hura. Kalifornian izango zen honezkero; erresistentziarentzat lanean, agian. Baina arraroa ere bazen bera bezalako pertsonaia ezagun batek ezkutuan jarraitzea. Beharbada, arrazoi zuen Dieterrek. Litekeena zen honezkero hilda egotea.

24

GERO ETA LEKU TXIKIAGOETAN bizitzera ohituta, garbi ikusten zuen zein izango zen hurrengo urratsa. Kim ugazabak kalera bidali izanak azkartu egin zuen berez hartu behar zuen erabakia. Gero eta gehiago, etxea gorputzetik gertuago zegoen mintza bihurtzen ari zenez, hurrengo pausoa, etxe guztia gabardina baten baitara biltzea izango zen, etxearen neurria koska bat gehiago txikitzea. Jada ez zuen armairurik behar, Olivierri kendutako gabardinaren barne-larrua nahikoa sendo josi eta sakela konpartimentatuak eginez gero, patrikak apal bihurtuko zitzaizkion, latak eta bestelako gauzak gordetzeko lain. Esan eta egin: hilobi baten neurriko armairu kiskalia utzi orduko, gabardina baten barruan bizitzeko deliberoa hartu zuen. Astebete jan gabe pasatu zuen gabardinari teilatua egiteko: hegal zabaleko kapela bat inguratu zuen astebeteko otorduen prezioan. Gutizi bat. Patrikan gordetako giltza hotzari oratu zion, irmo. Prest zegoen etxe berria.

Ez zen clochard bat edo homeless bat, ez. Zaila zen beharbada lehen begi kolpean komediantea haiengandik bereiztea, baina berak bazuen etxea, halako etxe berezia ere, soinean eramaten baitzuen leku guztietara. Karpeta urdina ere bai, jakina. Burkotzat hura erabiliko zuen aurrerantzean. Baina baita mahaitzat ere. Asko dira etxerik ez izatearen desabantailak, dudarik ez, baina abantailak ere baditu: ez da etxea eskobatu behar, ez zaigu etxeko zoko ezkutuetan deus begien bistatik ezkutatzen, ez dugu denborarik galtzen zein gelatan geundekeen goxoago pentsatzen, ez da etxean sartzen guk gonbidatu gabeko bisita desatseginik.

Goizero, eskeko lana egiten zuen metroan. Arratsalde partean ostera, hiria zeharkatzen zuen oinez, zaindu gabe zeuden kaleak hautatuz beti, karpeta urdinean gordetzen zuen eskuizkribua sekula ere abandonatu gabe. Apurka-apurka, Woolworth eraikinera hurbilduz joan zen, gizon txikiaren mugimenduak ezagutzeko asmoz. Ezin zuen ezer egin, jakina. Eraikina zainduegi zegoen, baina bazen zerbait hara eramaten zuena, oharkabean. Etsaia hurbil sentitzeak hura noizbait menderatzeko aukera gertagarriago egingo balu legez. Woolworth eraikinetik gertu, kalean bizi zen emakume bat itsatsi zitzaion.

–Joan naiteke zurekin?

–Egin nahi duzuna.

–Badakizu non dagoen jateko ona?

–Moldatzen naiz bakarrik, eskerrik asko.

–Harroxkoa gure gizona! Ezagun da berria zarela. Zu ez zara kalekoa.

Emakumeak Kat izena zuen. Hirurogei bat urte izango zituen, baina edonork esango zuen ehun eta hogei zituela, haren zalutasunagatik ez balitz. Haren gerri bueltak ez zion bourbona ontzeko upel haietako bati inolako inbidiarik, baina bizkor mugitzen zen, hala ere.

–Zigarrorik?

Bat hartu zion, kortesiaz.

Katek bere zigarroa piztu eta su eman zion komediantearenari. Keinu desatsegin bat egin zuen berehala. Nazka keinu bat.

–Shit! Alemaniarrak etorri zirenetik tabakoak ere txarrera egin du.

Komedianteak ez zuen ezer esaten. Katek jakin-mina sentitzen zuen.

–Txukunegi zabiltza zu kalekoa izateko. Nor zara? Zer daramazu karpeta horretan?

–Nik idatzitako zerbait da, ez du garrantzirik.

–Ez duela garrantzirik? Lo egiteko ere ez duzu-eta uzten!

–Ez du garrantzirik. Kariñoa diot. Oso pertsonala da.

–Ia. Badakizu nik zer uste dudan?

–Okerreko zerbait, ziur.

–Nik uste dudana da joan zen asteko banku lapurretako dirua daukazula zuk karpeta horren barruan!

Komediantea barrez hasi zen; karpeta ireki eta folio mordoa haizatu zuen, dirua haizatzen den bezala, hatzekin sortaren ertza sakatuz. Soinua diruaren antzekoa zen, baina paperak ziren, ez zen dudarik.

–Lastima irakurtzen ez jakitea. Irakurriko didazu zuk inoiz?

–Agian bai. Noizbait bai.

"Ezkutari bat topatu behar ez zenuen ba?", pentsatu zuen komedianteak; ahor, zure ezkutaria, ahor zure Santxo, egiten ari zaren erokeria honen barruan, erotu den mundu honetan, ehun eta hogei kiloko clochard-homeless-txanponerrukia, daukan itxaropen guztia eta behialako gaztetasun guztia begietan biltzen zaion emakume bazterreko bat.

–Eta zu? Kalean egon zara beti?

–Beti, beti... Ihes egin nuenetik bai, behintzat.

–Nondik egin zenuen ihes?

Begi-niniak ertzera bidali zituen Katek, kiribilka irristatu eta batera erortzen diren bi bolo zuri balira bezala, sekretua betazalen azpian ezkutaturik zeukala adieraziz.

Dudan egon ziren haren begi grisak.

–Alemaniarrak etorri zirenetik tabakoak ere txarrera egin du. Ez zaizu iruditzen?

Bolo bakarra erori zen, mehea, zigarro bat, espaloian luze eta kea zeriola.

25

LEKU GUZTIETARA jarraitzen zion Katek. Baina komedianteari ez zitzaion pisua, ez zen inondik ere zama astun bat, bazekien entzuten, lagun ona zen, ahots xuabea zuen, ez zen itzal deserosoa bera zen itzalarentzat.

Lower East Side paretik igaro ziren batean, Olivierren etxeko leihora begira geratu zen komediantea. Ez zuen ondo egin alde egin zuen bezala alde eginda. Bisita zor zion.

–Bisita egin behar diot, Kat.

–Nori?

Komedianteak gabardinaren patrikako giltzari heldu zion, irmoki.

–Lagun bati.

–Zu kalean uzteko barrena izan badu, ez da lagun makala.

Katek irribarre egin zuen, hortz oker bakanak eta hauen inguruko hutsune beltz nabarmenak agerian utziz.

–Berak ez daki kalean nagoenik. Bizitza salbatu zidan behin.

–Behin eta nahikoa, pentsatuko zuen. Ezta?

–Zaude hemen. Laster itzuliko naiz.

Komediantea oinez abiatu zen Olivierren ezkaratzerantz. Kat urrunetik begira bezala geratu zitzaion. Deiadar egin zion orduan, Olivierrek ihes egin nahi ziola begitandu izan balitzaio bezala.

–Eroetxe batetik!

Jiratu egin zen komediantea, Katek sekretu konpartitu baten estekarekin bere laguntasunari eutsi nahi ziola oharturik.

–Eroetxe batetik ihes egin nuenetik bizi naiz kalean!

Komedianteak esker oneko keinua egin zuen lepoarekin, baietz, egon zedila lasai, itzuliko zela. Olivierren ezkaratzera sartu zen gero. Pultsuak dar-dar egin zion atea jo zuenean. Patrikako giltza etxekoa izan zitekeela otu zitzaion, baina ez zuen erabili. Dar-dar-dar, ireki gabeko ateek ere hala egiten dute mendialdean, borda bakartietan dar-dar, hiztegigile bat pasatzen da handik eta apuntatzen du koaderno batean, dar-dar. Eta geroztik dardara da. Ondo jarritako izena, ondo egindako hiztegia. Karpeta urdina besopean zeraman, zatar-zatar eginda. Gomak ere ez zeuden lehengo zuloetan, zulo berrietan sartuta baizik. Gomazko lokarriek korapilo berriak zituzten, askotan hautsi zitzaizkion-eta kordel haiek. Atea jo zuela alegia, dar-dar. Hamar urteko mutiko musugorri batek ireki zion. Berehala heldu zen ama ere. Adineko gizon baten bila zebilen.

–Olivier izena du.

–Duela gutxi hil zen agurea.

–Duela gutxi?

–Kontu tristea. Emaztea erietxe batera eraman zuten, ez zen bere kabuz bizitzeko gauza. Ezagutzen zenituen?

–Zumezko kulunkaulki bat bazen hemen. Ikus dezaket?

–Traperoetara bidali genuen... –dar, dar–. Garrantzitsua zen?

Komedianteak jira hartu zuen, deus esan gabe. Zinema mutu. Olivier hila zen beraz, bere konkorraren pean hila. Bere kulunkaulkian hila. Eta emaztea oraindik agonia luze batean murgilduta. Erietxe batean. Eta ezin ihes egin, erietxetik.

Patrikako metal hotza estutu zuen. Hari giltza hau ematerik banu, sikiera.

Katek zain jarraitzen zuen behean. Zakur bati boxeoko eskularru pusketa bat eskaintzen ari zitzaion. Behiala esku eta guzti aurkitutako eskularru harekin gogoratu zen komediantea. Haren bikia ote? Lurperatutako boxeolaria ote da Manhattango uharte hau bera? Edonola ere, zakurrak gogotsu egiten zuen jauzi, eskularru apurtu hura sari handia balitz bezala.

–Zer, ez duzu zorterik izan, ezta? Nik lagun berria topatu dut ba.

26

OLIVIERREN azken pentsamendua.

Barku batean doa eta barkua era bitxi batean mugitzen da, olatuak laburrak dira, kadentzia gozoa dute, sehaska kantu bat, kulunkatze berezi bat. Begi bat ireki du eta ohartu da ez dagoela barkurik, kulunkaulkiaren gainean eserita dagoela etxeko sukaldean. Loak hartu du, nonbait. Esku bat luzatzen du, aulkitik altxatu gabe atearen heldulekura iritsi nahian. Eskuarekin gogoz heltzen dio atearen heldulekuari. Eserita dago oraindik. Angelu ezagun bat egin dio besoak, hutsarte bat, burua bertan jartzeko barru egoki bat, ukalondoak lurrera begiratzen du eta besoaren okerdurak sortutako tarte horretan erortzen utzi du burua. Irribarre egin du.

Morgekoak iritsi direnean, Olivierren eskuak gogoz eusten dio oraindik atearen heldulekuari. Hain gogoz ere, arotzek zerra batekin kendu behar izan baitiote ateari helduleku biribila. Eta ate-sagar eta guzti lurperatu dute Olivier Legrand, Staten Islandeko hilerri batean, eskua zerurantz luzatzen duen estatua ezagunari begira.

Irekitzen al du helduleku horrek aterik zauden lekuan, Olivier?

Zuk ireki zenien atea Manuri eta gainerakoei, amaren titietan zintzilik egoteari utzi orduko Gerra Handian hil ziren haren semeei? Ez ote zaizu ongi etorriko komediantearen patrikako giltza hori? Zauden leku horretan ba al dago zer zulatu eta zer bete?

Erantzuna baiezkoa bada, bidali argia gure leihoetara. Argi apur bat, eguzkipean dagoen aizto batean edo orratz batean islatzen den argi hori. Agian ihes egin genezake hemendik argi horren gainean etzanda.

–Eroetxe batetik! Eroetxe batetik ihes egin nuenetik bizi naiz kalean!

27

EVA LOTAN UTZI eta moilaraino luzatu du gaur gizon txikiak bere ostera, gauaren erdian. Zakur bat ikusi du eskularru apurtu batekin jolasean. Gero eskularruari heltzen dion esku lodia ikusi du. Atso bat, kale ertz bateko kartoien artean babestua, bourbon upel baten gerri bueltari inbidiarik ez diona, gaueko debekua errespetatzen ez duen txanponerruki bat. Eta haren ondoan, lorik hartu ezin duen norbait, burko urdin baten gainean burua, berearen antzekoa iruditu zaion gabardina luzea soinean, begiak zerura begira. Hotzak jota dago, dardaraka. Altxatu eta buruko ileei hazka eragin die. Besoak eskuekin igurtzi eta burkoa hartu du. Karpeta urdin bat da. Gizon txikia karpetari begira geratu da. Eta karpetari eusten dion eskuari falta zaizkion azazkalei, eta esku hari kapritxoz eusten dion besoari. Eta besaburuari jarraiki, sorbalda bat, eta sorbalda biren erdian lurperatua, lepoa. Eta lepo gainekoari so geratu da. Listua irentsi eta zirkin egin du. Amorruak edo higuinak, nork du ahalmen handiagoa? Amorruak irabazten duela erabaki du gizon txikiak begien aurrean daukana komediantea dela ohartu denean.

Kraut! Wiener! Schnitzel!!

28

URRUNETIK, ITZALPEAN bistaratzen dugun zerbait da. Katek, zakurrarekin jolasean aritzeaz nekatuta, lo hartu du eta ez du hasieran deus ikusten. Gero bai, sumatu du iskanbila, baina urrunegi dago bera ezer egin ahal izateko. Komediantea eta gizon txikia elkarrekin borrokan ari dira moilako ertz batean. Iluntasuna da nagusi. Komediantea edo gizon txikia, bietarik bat, lasterka doa zubirantz eta atzetik segitzen dio gizon txikiak edo komedianteak, bietarik batek. Aurretik doanak komediantea izan behar du inondik ere, karpeta urdina baitarama besapean. Edo juxtu horregatik gizon txikia da akaso, komedianteari karpeta kendu eta hark idatzitakoa txikitu nahi duena. Batak bestearen gainera egin du jauzi, jolas-orduan dauden eskolaumeak balira bezala. Baina ez da ume jolasa. Batak besteari hortzak kraskarazi dizkio portuko harri trokoen gaina zartaraziz: odolak harrien arteko lotuneetan gurutze gorri errepikakorrak irekitzen ditu. Bietako batek patrikan sartu du eskua: giltza bat atera du, giltza lurrera erori zaio. Zilipurdikatu dira berriz, giltza hartu du bietako batek eta begitik sartu dio besteari giltzaren metal hotza, eta begia sarraila baten eran zabaldu dio.

Urrun daude, ez dakigu nor den begia odolduta eta eskua begian jarrita lasterka doana. Oihuak ere ez ditugu entzun: zinema mutua.

Lasterka ihes egiten du lehen gizonak, lasterka doa honen atzetik bigarrena. Bigarrena komediantea dela ematen du, hegal zabaleko kapela baitu buruan –etxeko teilatua– eta karpeta darama besapean, goma bat apurtuta duen karpeta, barruan eskuizkribua. Marie Ann eta Olivierren etxeko leiho ondoan idatzitako eskuizkribu hura. Borroka egiten dute komedianteak eta gizon txikiak. Jada galdutzat eman du ikusmena begia sarrailatzat erabili diotenak. Harrigarria da, hala ere, nola jarraitzen duen borrokan.

Uretatik gertu daude orain moila bakartian: bata bestearen gainean zilipurdikatzen dira, itsaso koipera erortzeko zorian. Brooklyngo zubiko eskaileretan gora doa orain karpeta urdina daramana. Baina atzetik doakionak ez du kapelarik batere. Nor da nor, honenbestez?

Borrokak zubiaren gorenean jarraitzen du. Batak bestea bazterrarazi du barandaren aldera, karpeta lurrera erori da, haizea dabil, haize hotza. Karpeta apurtuaren baitatik atera dira orriak, Underwood makina batean idatzi eta gainetik beltzez errepasatutako hitz grisak haizeak daramatza orain ibaira eta zerura. Katek haizatutako orrialdeak ikusten ditu gau beltzean, kometa zuriak bailiran. Begi unatuak kizkurtzen ditu, zerbait irakurtzeko esperantzarekin, irakurtzen ez dakiela ahaztuta. Bi gizonetarik bat orrialde haiek jasotzen saiatzen da, baina alferrik. Bietako bat –ez dakigu nor– barandaren alde batera gorputza emana dago, besteak bultza egiten dio eta kanpai bueltarik eman gabe erortzen da uretara, gauaren erdian berun, eskuekin errota mugimendurik egin gabe, etsipen puntu batekin. Bestea goian begira geratu zaio, erortzen ari denari begira. Begi bakarrarekin edo birekin so egiten dio? Ez dago seguru esaterik.

Eskuizkribua ere ibaian galdu da asdfg qwerty.

29

HURRENGO GOIZAREN ESPERANTZAN geratu gara. Hurrengo goizean, hiriko leiho guztietan eskuizkribuaren orrialde bana agertuko ote den esperantza nagi eta alferrikakoarekin. Hala izango da agian. Hiriko leihoei begira idatzitako eskuizkribua egunsentian berriro ere hiriko leihoetara iritsiko da, eta bertan irakurriko dute herritarrek, argiak adieraziko die zeri eutsi, zer egin; beraiei begira idatzitako eskuizkribua zen azken finean, beraiei begira idatzitakoa eta beraiek idatzitakoa, nolabait. Haien ispilua, haien leihoa. Zahartzaroa eta orbanak ikusiko dituzte, eta orduan, orduan kalera aterako dira. Aukera bat da, agian, ez da erabat ziurra. Leihoak berunezko daude oraindik.

East River ibaiak bere ito guztiak paseora ateratzen ditu, baina paseoa urpean da gaur, urpean da desfilea. Atentzio handia jarri ezean ezin ikus daiteke gaur desfile hori, asfaltozko kaleak zeharkatzen dituen desfile militarren horren ezberdina, desfile zibilen hain bestelakoa. Urpeko desfilean doan gizonetarik batek gorantz egina du jauzi: haren kapela ikus daiteke korronteak eramana. Badaudelako ur azpian oinez ibiltzen dakitenak, eta burbuilaren bat ur azalera botatzen dutenak, eta leihoetan argirik ez.

Kapela bat ikusten baduzu urak daramana hori da norbait dabilelako oinez urpean.

Ur gainean kapelarik ikusten ez baduzu, hori da kapeladuna esku-karrilari heldu eta eskaileretan behera joan delako.

Katen eskularruari tira egiten dio zakur zahar batek. Esku ahurra zabaltzen du Katek orduan, eta hutsune horretan ezer ez egon arren, hutsune hori Askatasun Anderearen buruko koroa ez izan arren, hutsune hori minerala atera berri duten meatze zuloa ez izan arren, zakurrak muturra sartzen du Katen esku ahurrean. Ez dago garbi beti zakur berdina ote den hutsunean muturra sartzen duena. Kat zerbait gogoratzen saiatzen da, tragotik tragora. Berea ez den zerbait, eta agian inoiz pentsatu ez duen zerbait. Central Parkeko belarretan etzan eta belar ziri batekin laztantzen du aurpegia, ia-ia memoria berreskuratzeraino. Baina ez du berreskuratzen. Parkeko lurrean etzanda, belar izpi luzeek hiriko etxe-orratzak nola irensten dituzten ikusten du, pozik.

Geruza desberdinak. Belarra lehortzen ari mandioko goialdeetan gozo, belar bihurria kiribilkari heroiak omentzen dituzten estatuak estaliz.

Elurtuta dago Braunen herri ttipia Alemanian, mende hasierako egun batez. Norbait dabil aterki bat makulutzat, harekin belarra apartatzen; aterki bat ari da elurra eta mendeak zulatzen, geruza berrien bila.

Idazmakinak bahitura pabilioietan hautsa hartzen. Gauzak gauzen barruan eta mundu txikiak mundu handiagoen baitan soka finez lotuta. Jendea azazkalak zorrozten ari da bulego, bide, tunel, ikatz puska eta bestelako gauza trinkoetan harramazka egiteko. Estu daude eta ezin dira oraindik irakurri elkarren gainka pilatutako, kordel zakarrez estututako egunkari fardeletako izenburuak.

Hastera doa egun berria. Leihoetan argirik ez da. Arotzak arkatzaz marka bat egin –honaino iritsi behar du auskalo zerk–, arkatza belarrian jarri eta eskailerako esku-karrila arras-arras lixatzen segitzen du, txirbil hautsa erortzearekin batera zuraren baitako begi batzuk itsutu eta barruragoko begiak eta korapiloak agerian utziz. Arotzak bere lanean urte asko daramatzan arren, oraindik ere harritu egiten da zuraren begiekin. Bat itsutu orduko agertzen da hurrengo begia. Zerrauts askatu berriaren usaina dago airean. Arras-arras, azken igurtzia eman eta amaitutzat eman du arotzak esku-karrila.

–Ongi dago horrela, Breveski jauna?

Breveski jaunak, burua makurtu eta baiezkoa egin du.

Paris, 2002ko abendua. Donostia, 2004ko urria

Liburu hau
2004ko azaroaren 8an inprimatua da.
Garamond, Horley eta Orator
letra motak erabili dira.